善業84.03.11.

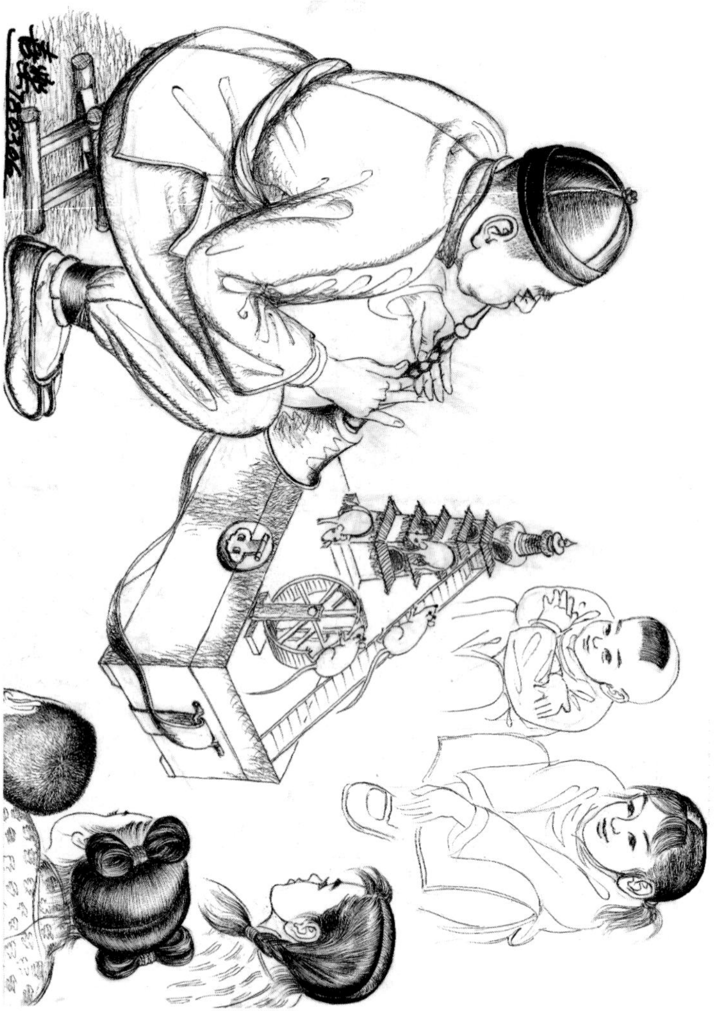

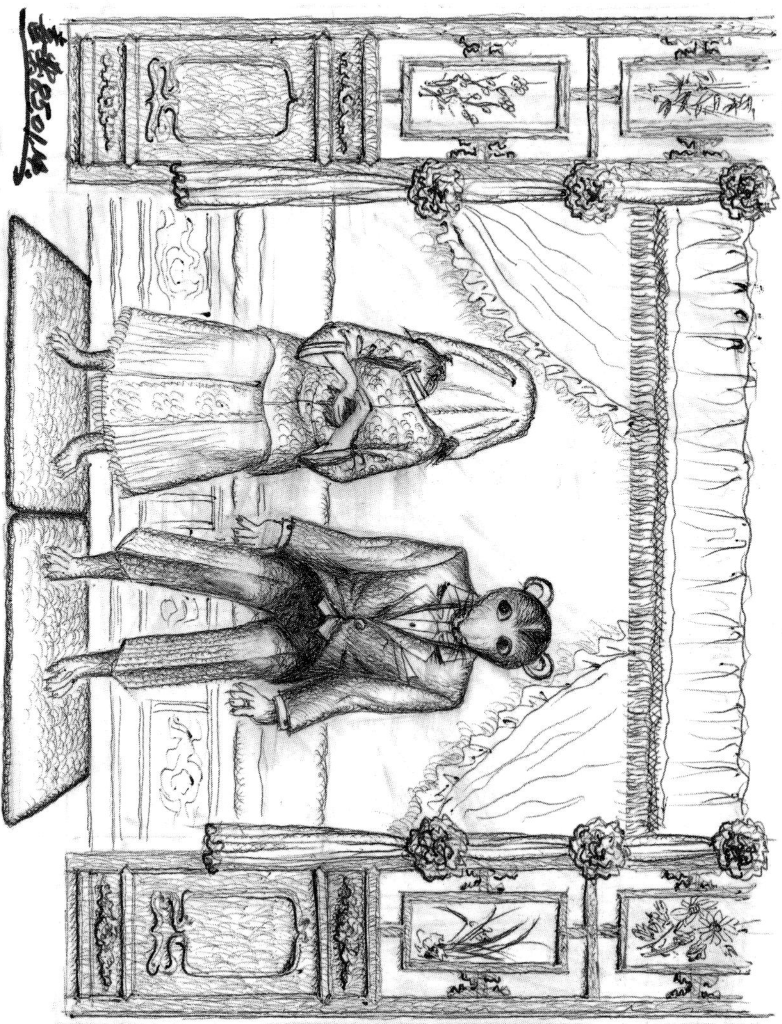

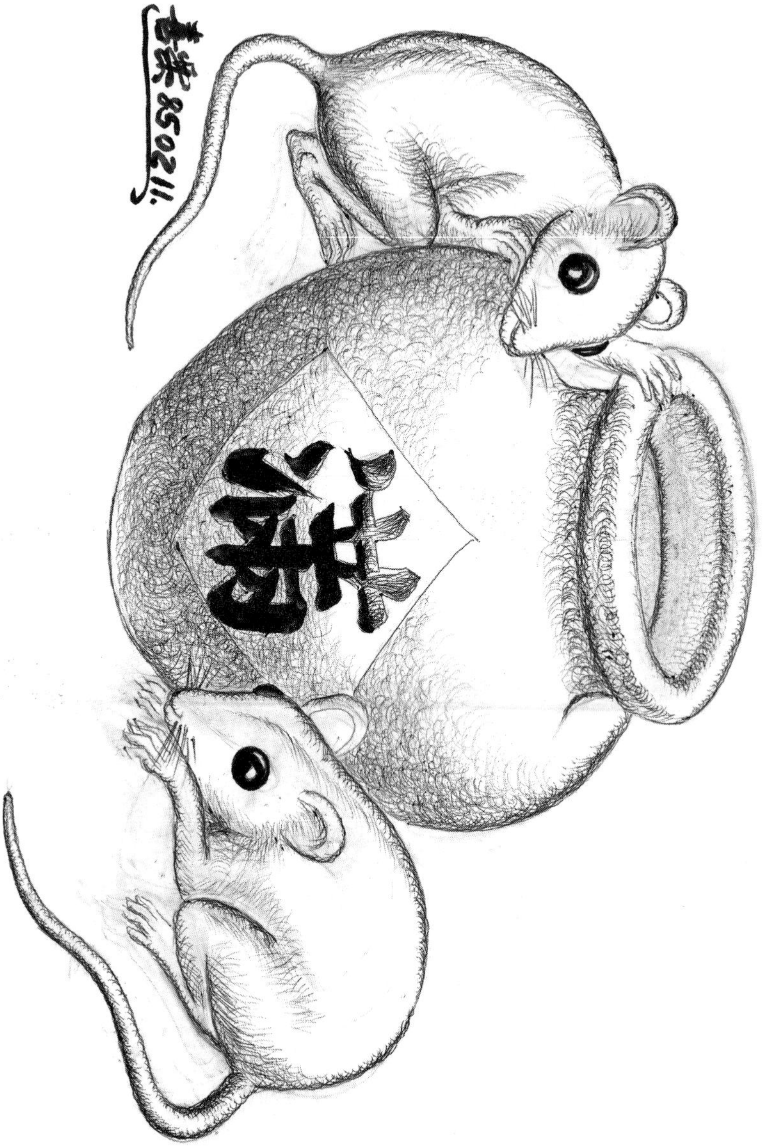

大地春耕圖

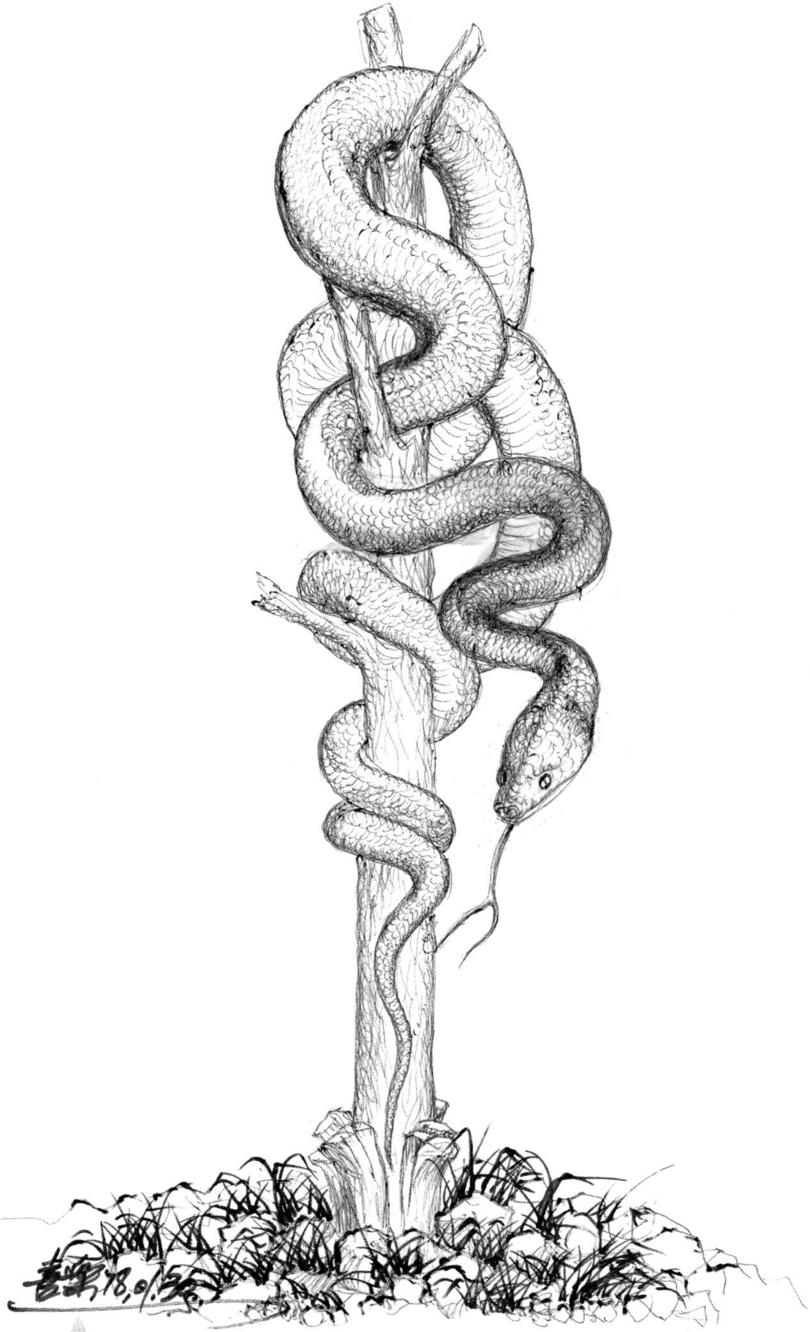

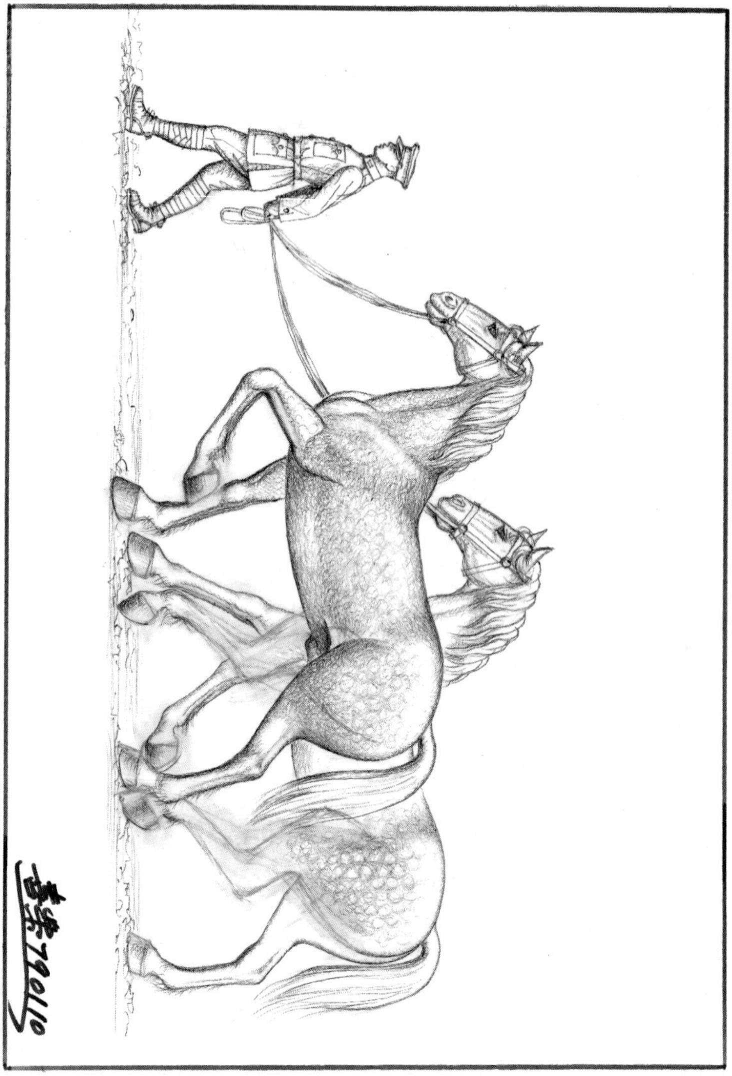

喜樂 81.01.18.

81,01,15.

80,01,20.

82.01.20.

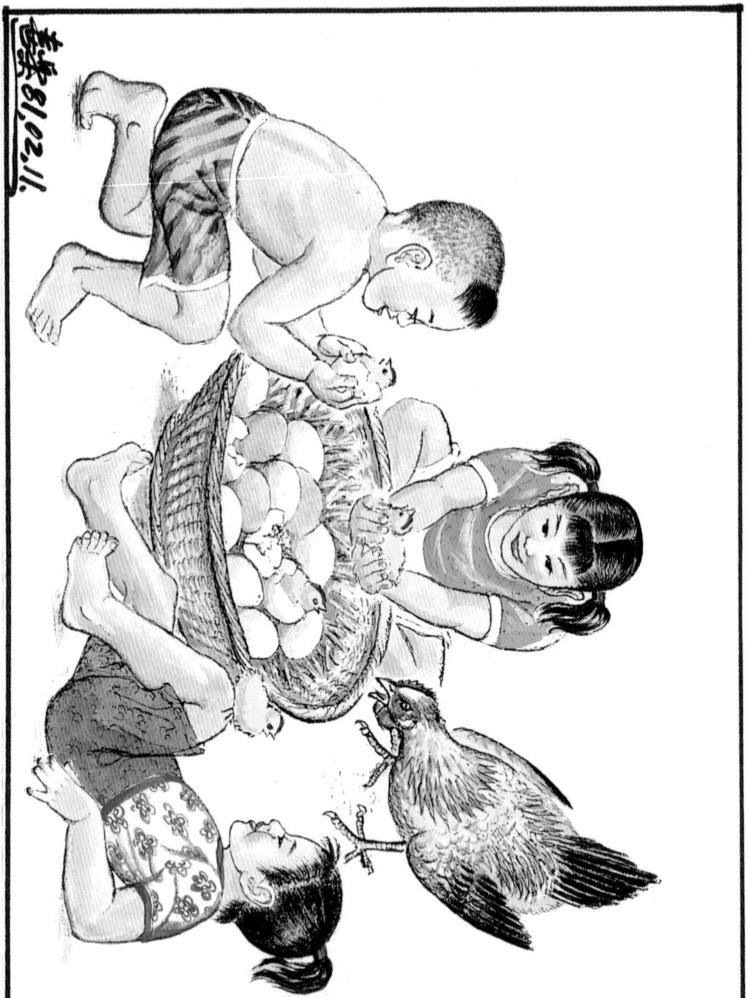

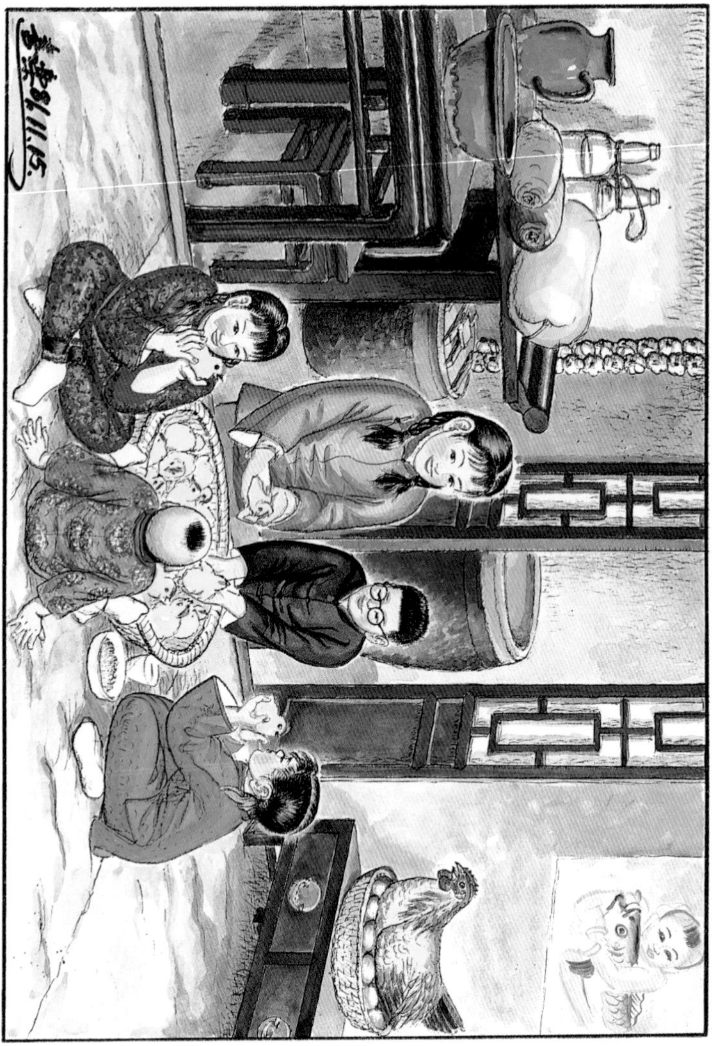

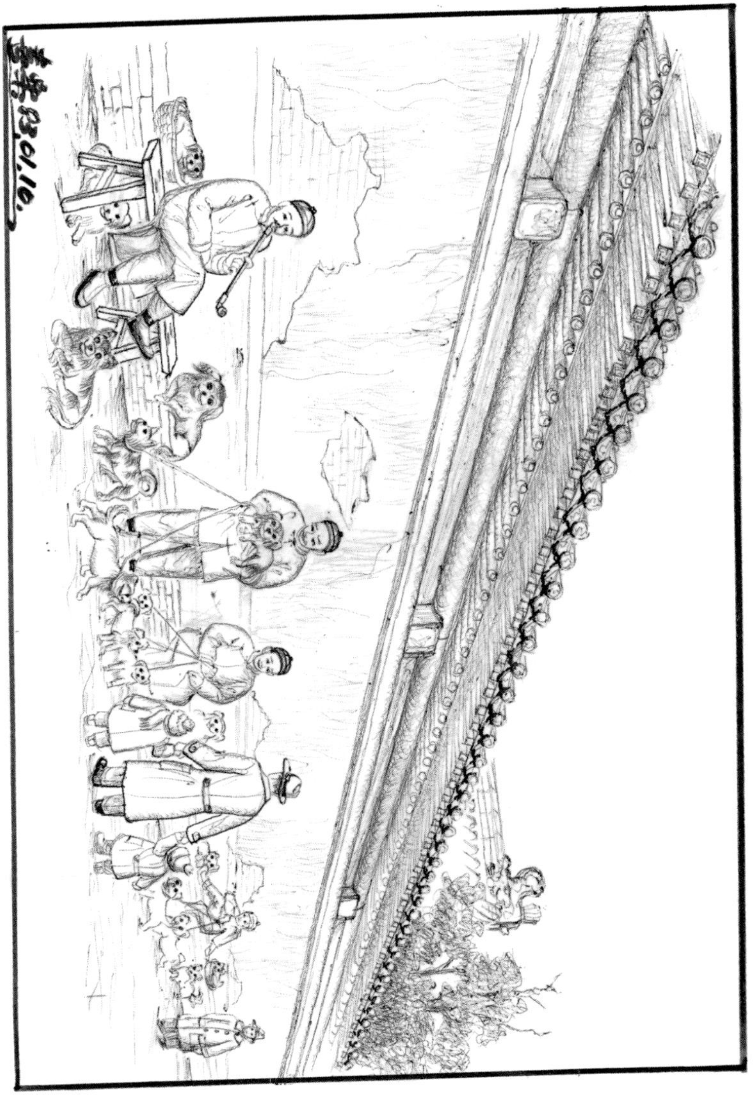

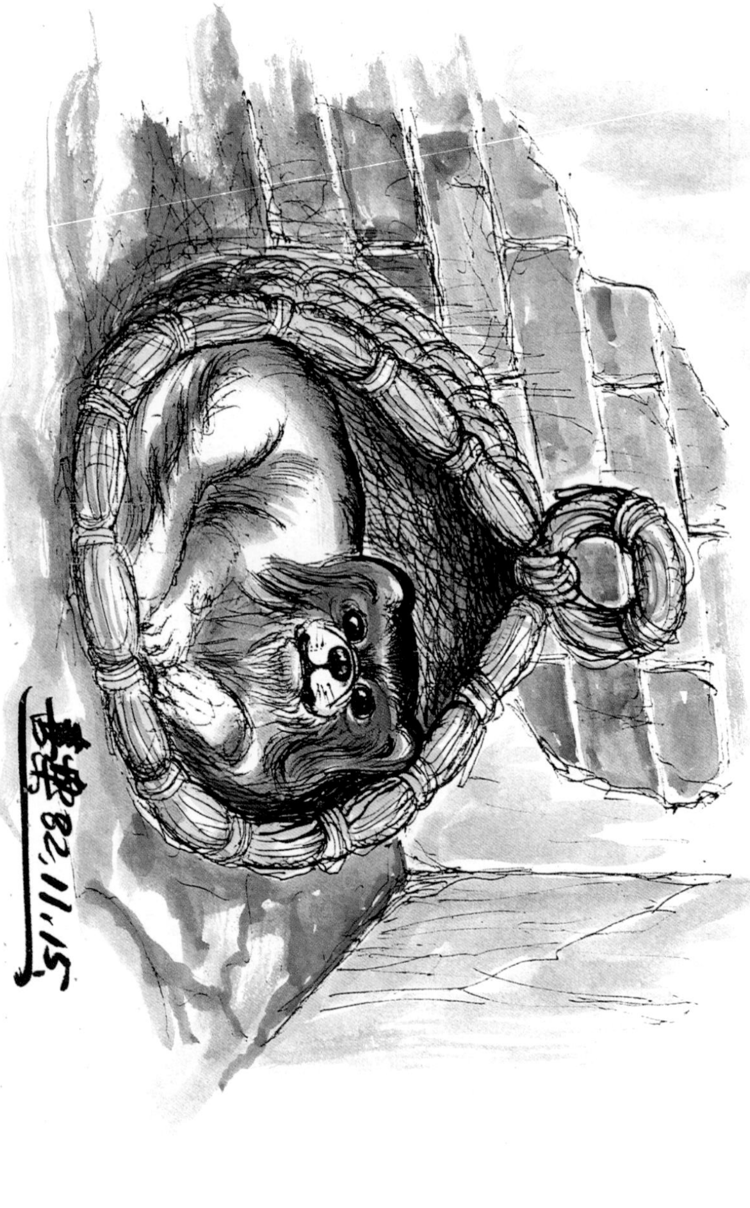
82.11.15

83.12.25.

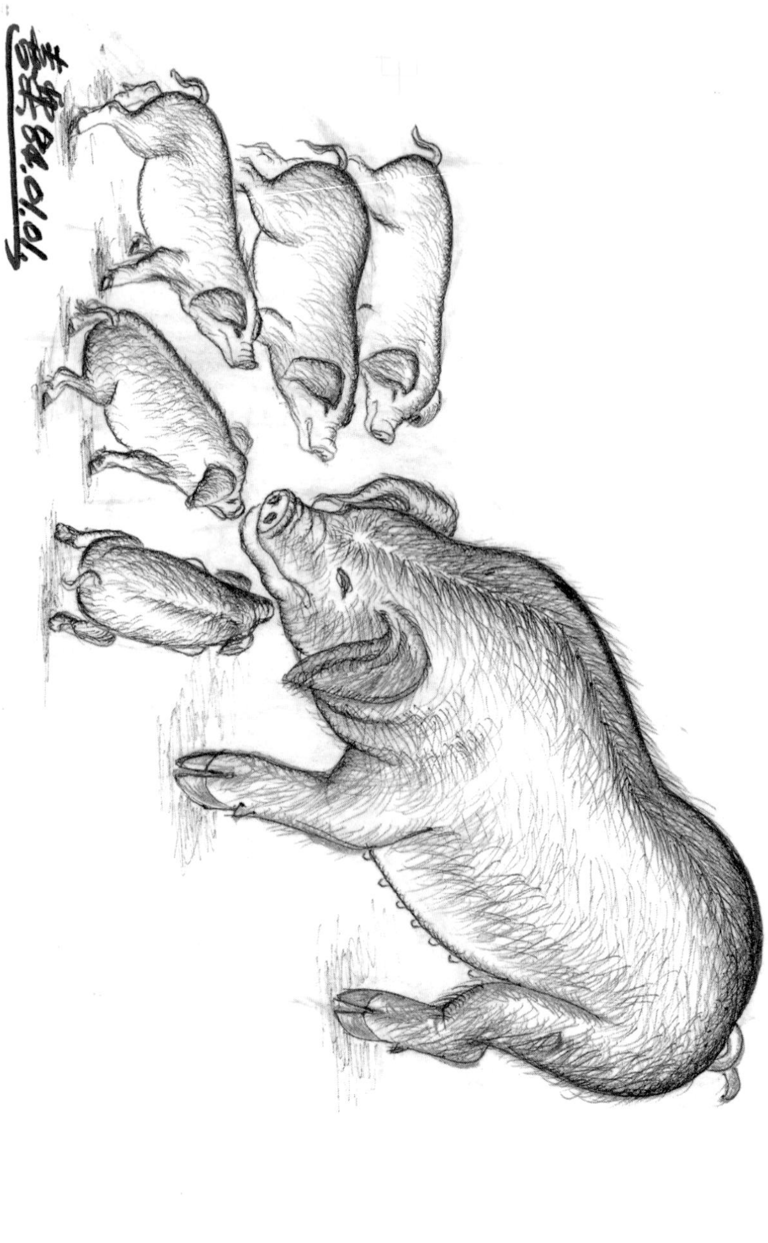

三民叢刊131

生肖與童年

小民著
喜樂圖

三民書局印行

可以留傳的書

小民

我最怕校對工作，尤其是為自己新書校稿。總是看不出排錯的地方，也無法將手民誤植之詞字抓出來。所以我每本新書問世，都有好心買我書的讀者，讀後熱心的掛電話，或寫信告訴我書中有多少別字錯詞，甚至倒裝句子、遺落小段等等。

我自然悔愧交加，決心下本書認真仔細校正。惜本性難移，下本書還是犯同樣的錯誤。免不了耿耿於懷，為自己無法改正的錯失！我以為是永遠沒希望，做好一次校對新書的工作了。因為每逢打開大疊新排的書稿，便覺煩惱萬分，耐心與細心消失無蹤，只想匆匆看過交差了事。

最近校正即將出版的配畫兒新書：《生肖與童年》，竟一反往昔看自己文稿粗心與不耐，因為這本書內容生動有趣，讀時心情愉快。雖然是寫十二生肖，十二樣動物家禽的小文配畫兒，卻越看越有趣。決不是文章是自己的好心理作用，而是這種書，一生也就只能寫一本。

這種書，坊間也很難發現類似的作品。這種書，兼俱文學與藝術，再加上趣味，構成雅麗抒情，且充滿溫馨的一本小書。

寫到這兒，忽然驚覺太自我吹噓了？我還從來未曾如此信心十足面對自己作品，是否涉嫌有點夜郎自大了呢？

聖經上講上帝抵擋驕傲的人，賜恩給謙卑的人。上帝是鑑查人心的神，祂知道我仍然心存感恩和謙卑，要將這本書的榮美歸給祂。如若不是創造天地的主，那兒來的十二生肖？唯炎黃子系所屬，純中國味的十二生肖，帶給我寫這本書的智慧是祂，我能不衷心感激嗎？

《生肖與童年》，是我第四本配畫兒的小書，過去以文化古都北平為背景，我曾寫過一百六十多篇童年記憶，為中華兒女悠久的生活文化留見證。因為古老生活中的許多溫馨，如北平的建築、市井小販、吃食、娛樂等等，如今都已消失了。可安慰的是我將那個時代記錄了下來，傳給我們後代。讓他們知道，我們曾擁過如此光輝的生活文化！

前三冊書名《故都鄉情》、《春天的胡同》、《故園夢》。《故都鄉情》經大陸友誼出版社印行，《春天的胡同》被日本退休的中學校長恒岡利一先生翻譯成日文出版。雖然事前全未徵得我同意，但恒岡先生因察證兩次專程赴北平，且寫文章公開為日本侵華道歉。友誼出版社也付給我一筆以美元計算，數目不小的轉載稿費。我配畫的小書一向受歡迎呢！

最後要向讀者交代，《生肖與童年》創作時間只有八年，有四種生肖，是聽編輯部建議補寫的。因此有些生肖僅寫了一篇，有的多到四、五篇。謹此向編這本書的朋友致謝。當然更感謝老朋友三民書局，在書市不景氣的今天，花錢為我印彩色插畫，使書增色，謝謝！

生肖與童年 目次

年童與肖生・4

小老鼠上燈臺

十二生肖內最小的動物小老鼠，居然排在首位，原因何在？實在令人不解，雖然我並不喜歡老鼠這種動物，但輪到牠值年，也不能免俗的以牠為話題，說說有關「鼠」的記憶。

首先想到的是卡通片的米老鼠，多虧美國狄斯奈大師，將鼠輩塑

造成如此可愛的造型。而又賦予牠善良、機警的個性，使牠能在強勢老貓欺壓下，連連得勝有餘，且戲弄貓們易如反掌。小時候在四川，老鼠是生活中一大敵人，為了消除鼠患，家家養貓。貓成為希罕物不說，假如那隻貓真會捉老鼠，必定奉為貴賓，寵之愛之，餐餐備貓魚，日日勤呼喚：咪咪乖，咪咪乖。

米老鼠卡通造型，就是在鼠多為患的抗戰時四川，無人不討厭鼠的情況下，進入中國兒童心目中的。

而在中國母親口中的小老鼠，也是聰明機警，還會算卦的小動物。母親說為什麼咱們在牆角下老鼠洞口，放的捕鼠器沒有用呢？因為小老鼠會算卦，牠知道有人在洞口設下陷阱了，就先不出來。牠也知道那兒有大老貓，偷食物的時候，就算好貓不在那兒才去偷。老鼠愛吃的東西很多，偷不到食物，爸爸的皮鞋，媽媽的圍巾，弟弟的尿布，通通被老鼠咬過。但在兒歌裡，似乎老鼠最愛偷吃燈油：

3・臺燈上鼠老小

小老鼠上燈台
偷油吃下不來
叫媽媽，媽媽不管
骨碌、骨碌、滾下來！

兒歌中唱的燈臺，指的是油燈盞的燈臺，不太像喜樂畫的這種燈臺，但也莫奈何。配畫兒的人，永遠難完全符合寫文章者的心意。上帝造人時讓人有各自的思想，各自的見解，即使是雙胞胎的腦子，也不可能完全一樣呢！

寫到這兒，我想起三民書局年輕的編輯曾告訴我小老鼠怎麼排在十二生肖首位。原來小老鼠挺聰明，牠知道天神要以動物計算人間年份，便偷偷爬上了大牛頭頂，到了眾動物集合，天神點名的時候，小老鼠立即跳下來，站到其他十一生肖前頭，遂成為十二生肖之首。記下博君一笑，祝福鼠年吉祥，和樂平安！

北平耍耗子的

十二生肖已渡過一輪，子鼠、丑牛、寅虎、卯兔重新輪起，在這新春伊始免不了為值輪的小老鼠說點好話。據說屬鼠之人性情溫和、行事具敏銳的觀察力，機巧又敏感，善理財，吉祥也！

想起小時候，在北平看過「耍耗子」的，算是除卡通米老鼠之後，

最討喜的小老鼠了。北平人習慣將老鼠叫「耗子」，如我們常講的歇後語：「貓哭耗子——假慈悲」，「狗拿耗子——多管閒事」。

「耍耗子的」是北平街頭哄小孩觀賞的玩意兒，那小販穿身布衣褲，頭戴瓜皮小帽，背著個木頭箱子，吹著一個喇叭型的嗩吶招引觀眾。我們小孩兒一聽見胡同口響起：「喔哩哇、喔哩哇……」，都跑出去招呼，或叫進自家院子，或在大槐樹下就耍起來了。

耍的時候，小販先將木箱放在地上，箱子上裝著一個小寶塔，和繩子編的軟梯子，及一副小腳蹬輪。

小販自己坐著一個小凳子，小孩兒子蹲在四周。小販從木箱抓出幾隻小老鼠，白毛紅眼睛跟小兔子一樣。受過訓練的小白鼠們，會隨著小販吹的嗩吶聲，跑來跑去，爬梯子、蹬輪子、鑽寶塔，靈活有趣。我總是看得入迷，想伸手摸摸小老鼠但又膽怯。

小時候怕老鼠，因為牠長相太醜且髒。長大了知道牠傳染鼠疫，破壞東西，更增加對老鼠的厭惡。唯有對作生物實驗的小白鼠們，寄

北平耍耗子的 ·7

予無限同情，並心懷感激，感激因著牠們犧牲，當病理研究，有益人類的健康。

老鼠嫁女兒

龍生龍、鳳生鳳，老鼠的女兒會打洞。

小時候聽過老鼠的俗語、傳說，都十分有趣味。最好玩的，莫過「老鼠嫁女兒」了。

老鼠嫁女兒是流行海峽兩岸，甚至東洋日本的民間故事。傳說每年正月，趁著人們忙過年的時候，老鼠也沾點喜氣，將牠們的寶貝女兒嫁出去。

關於老鼠為女兒辦喜事的日期，各地方不同，大陸北方傳說是年初七，南方卻流行在燈節以後。日本好像是雨過天晴，天上掛著彩虹的任何一天。據說老鼠嫁女兒十分隆重，鑼鼓樂隊吹吹打打，熱鬧極了。可是必須有緣人才聽得見。小時候，我就聽北京老鄰居媽媽說過，她是日本人，嫁給北京開茶行的，喜歡哄小孩玩為孩子們講故事。

前不久，看黑澤明藝術電影：「六個夢」，其中「老鼠嫁女兒」拍得極成功，不愧為電影大師，將那種迷人嚮往，又微微恐怖，動物界第六感神秘的氣氛，表現無遺。

小孩兒不可以在雨過天晴，彩虹掛在天邊時候跑出去，尤其不可跑到原野樹林，若是遇見老鼠嫁女兒迎娶隊伍，萬萬不可偷看！

據傳說，老鼠都是在雨過天晴，彩虹出現吉時佳辰嫁女兒。小孩

11・兒女嫁鼠老

兒如果偷看到了，晚上老鼠新娘的父親，必會上門來尋找偷看他嫁女兒的小孩兒，割掉小孩的耳朵，以示懲罰！

黑澤明電影裡，那個不聽母親叮嚀的小娃娃，偷看了老鼠嫁女兒，惹來耳朵將被割掉的危險。孩子哭著哀求母親，母親十分冷峻，也許是愛莫能助吧？結果，老鼠爸爸真找上門了，觀眾為孩子耽憂中落幕。

黑澤明將流傳中日的關於小老鼠的傳說，處理得極為藝術，擬人化的老鼠個個盛裝，敲打著喜慶樂器，背景充滿自然美的鏡頭下，看後令人心曠神怡。

到底為什麼流傳老鼠特別重視嫁女兒呢？可能最初是有女兒的母親，希望女兒出嫁時隆重點以表示對女兒的寵愛吧？無論如何，我覺得這些老古董的傳說，和鍾馗嫁妹一般，都代表人類濃郁的親情，您以為對嗎？

金鼠臨門財寶滿甕

一年易過，北風不寒，冬陽暖暖，亞熱帶的臺灣寶島，即將歡渡中國人最大的節日——春節的時候，也是十二生肖排名最後的豬寶寶，鞠躬下臺的時候了。

輪到排在十二生肖首位的小老鼠上臺鞠躬，您猜牠拿什麼做開場

白？瞧這貌不驚人、體積微小的生肖，洋洋得意的吱吱說道：

鼠來寶、鼠來寶、金鼠臨門、財寶滿甕！

於是，全國同胞，不分海內和海外，也無論大陸和臺灣，都要歡歡喜喜有志一同迎接鼠年了！

小老鼠為啥排名十二生肖第一呢？傳說上帝為中國選拔值年生肖的新聞，小老鼠在牆角偷偷聽到了。原來並沒牠鼠輩列入，祇因懶貓貪睡錯過佳期，上帝點名時，原該勞苦功高的大牛排在第一位，不料這小老鼠，鼠小心大，它偷偷趁大牛不察覺，爬上牛角，待上帝點名開始，小鼠一個箭步跳下來，仰著鼠頭鼠臉，張著兩隻鼠耳，恭恭敬敬的搶先替大牛答：「有！」

天神上帝念小鼠儆醒謙卑，就批准牠加入了十二生肖代替懶貓，氣得貓不斷的追逐老鼠，世世代代與鼠為敵，發誓咬死鼠以解心頭之

15・甕滿寶財門臨鼠金

恨。如此解說，不知先人相信？好玩而已！

在世界生物中，鼠的種類繁多。老鼠對人類有害無益，皆因它傳染疾病、毀壞家具、偷吃農作物、人們所以厭之惡之，見過街老鼠人人喊打。但鼠也不是笨蛋，白白的讓人打到，它行動敏捷跑得迅速，遇見敵人便抱頭鼠竄！

據說鼠在地球上生存已達數千年，除鼢鼠、松鼠、天竺鼠外，人們常見的僅灰兮兮又髒又難看的家鼠，及白毛紅眼大耳朵，像小兔兔的小白鼠。小白鼠對人類供獻很大，耐心訓練能和小猴兒一般耍把戲給小孩兒看，又可供作病菌試驗，造福人類健康。

鼠年，的確如人們期望，該是最好的一年。我收到最早的一張鼠年賀卡，是一位經營建築的朋友，他的所謂：「錢鼠來了！」賀卡印著一隻金色象形鼠字，強調的是住了他們建造的房子，在鼠年必：「戶納東西南北財、門迎春夏秋冬福」。就以此祝福各位：鼠年、鼠年、福祉綿綿！

春耕圖

中國以農立國，牛和農人有著深不可分的關係。以農立國的中國人，對「牛」莫不心存感謝敬佩，許多出自農家的朋友養成永遠不食牛肉的習慣，就是將牛當成了好朋友。

牛的確是人類至好朋友，在沒發明耕耘機前，如果沒有牛，真不

知僅靠人類一雙手兩條腿，如何勝任耕種田地那麼辛苦費力的工作？何況牛除了拖犁載貨，牛拉車還供給人類當交通工具。在這又逢牛年光臨的新春，使我聯想起許多與牛相關的趣事。

小時候，常聽母親指著大姐說她是個牛脾氣的姑娘。因為大姐遇事有一定主張，不為威脅利誘所動，她要怎麼做誰也改變不了。包括她說話直率常得罪人，對弟妹過嚴等等。但大姐的牛脾氣也有長處，那就是她在姊妹中為人最守信，最用功最有恆心向學。後來，她讀了醫學，孜孜不倦苦學成功，成為被病人信賴的好醫生。

我們有時形容身體好的小孩，說他壯得像條「小蠻牛」。古老愛情故事梁山伯與祝英台，因山伯不懂英台以身相許的暗喻，嗔罵山伯是條：「大笨牛」。

牛其實不笨，只不過心思單純勇敢，肯吃苦。有時丈夫對妻子說他是家裡一條牛，又有人說娶個身強體健會幹活兒的老婆，像是買了一頭牛。

就家畜的長相而論，牛的模樣最為順眼。瞧牠方頭大耳頂著兩個彎彎的牛角，兩隻大而長的牛眼多漂亮。以致以色列人會起了用金子鑄一條牛犢膜拜的主意，得罪了上帝。地球上將牛敬奉成神的，只有印度人吧？

國畫上，牧童騎牛背，有一種安祥寧靜的意境。「老牛破車」卻給人無限滄涼的印象，心裡免不了想到這頭老牛和破車已經為主人貢獻了一生，破車終會當柴燒，老牛失去工作的能力，是否逃不掉被宰殺滿足人們肚腹呢？牛肉是如此鮮美，牛奶又多營養。當我每每看見田野的牧牛，和鄉間的耕牛，都會由牠們馴良和善的大眼中，感覺到上帝造物的奇妙。牛不過是吃些草料，卻給予人類如許多的物質，整隻牛幾乎無一件東西是沒用處的。

三國時代諸葛武侯曾設下：「木牛流馬」妙計，西洋故事中也有：「木馬屠城記」。但古時「牛耳之盟」，卻是割牛耳立信守的。人性醜惡的一面說是：「牛頭馬面」；「牛衣對泣」說貧賤夫妻的苦況；大

大地春耕圖
春生84.04.27

材小用是：「殺雞焉用牛刀」；「牛刀小試」說其人後力無窮；「牛頭不對馬嘴」形容不合主題；「牛山濯濯」喻男士禿髮光頭……。關於牛的成語尚有很多，不及一一述及。總之，牛在這地球上與人和平共存，生生不息，我們該多珍惜感念牛的貢獻，善待牛尊重牛才對！

悠然憶起幼時存在心底的「春耕圖」，在這十二年才輪值一回的牛年，深深懷念上一次牛年，我還年輕的歲月。

牛年趣談

牛年難免想起許多與「牛」相關的趣事，來自民間傳說「牛」是上天派來協助人類的好幫手。最早是上帝觀看人間一位大善人，他終生辛勞種植五穀供養無家可歸的窮人，以致勞累而死。

大善人死後上了天堂，但人間有老母寡妻頓失依靠，孩子幼小難

以勝任田間工作，於是上帝賜下耕牛公母各一，代替男主人耕田犁地。從此牛在農家當了人類的夥伴，並繁衍後代，就是今天在家畜中最受歡迎的牛啦！隨後，又變種成野牛、犀牛……。

牛受歡迎當然由於耕耘機未產生之前，農家必須依賴牛幹活兒。另一方面，牛是極為老實又念舊的動物，我們常說「狗不嫌家貧」，其實牛比狗更不嫌家貧。我們聽過有些狗，特別是現在品種高貴的洋狗，是誰給牠吃得好、住得舒服，牠就喜歡跟著誰呢？但幾曾見過牛根據居住環境或草料多寡，認主人的？

在家戶喻曉的神話故事：「牛郎織女」中，「牛」扮演了很重要的地位，試問如果沒有牛，怎麼叫「牛郎」？可見上古時代，牛的地位已到了牛人合一。小孩最愛看西部牛仔電影，若是缺了大牛，還有什麼戲演？

牛與馬對人類的貢獻相似，我覺得牛要勝馬一籌。因為馬除了較牛跑得快，其他各項皆不如牛。當馬被裝飾得漂漂亮亮，隨主人四處觀光遊覽，牛永遠守著家園勤勉工作。任憑小鳥棲在牛背上，悠閒閒與世無爭，乃牛給人最高的啟示。

牛年話牛，可別單想到牛肉麵的美味，要感謝上帝賜給人類最忠實，最刻苦耐勞的好伙伴「牛」！

虎年雄姿

一張印著雙虎名畫賀卡，為我揭開虎年序幕。

猶記得兩輪前虎年，我也曾收到同樣式賀卡，那可是雙虎圖作者張善子之弟，張大千老伯親自簽署，遠自國外僑居地寄來的。賀卡上有：「大風堂」印記，和：「壬寅開歲百福」的祝詞。而今二十四載

大好光陰轉瞬渡過，收到大千老伯賀卡彷彿才是昨天，而大千老伯返國定居於外雙溪，摩耶精舍高朋滿坐，品嚐美食，聆聽睿者充滿哲思之笑話，歷歷在目，大千老伯卻已謝世多年矣！

人生短暫如客旅，神以恩典為年歲的冠冕，且讓我們心存感謝，歡欣鼓舞來迎接這嶄新的三百六十五天吧！

提起「虎」字，我便想起童年在姥姥房裡，大匟上舖的暖和的虎皮褥子。寒冬臘月，室外滴水成冰，室內溫暖如春。姥姥房裡生著火，我同姥姥盤腿坐在匟上，火爐上散出烘白薯、烤饅頭的香味。和著長案上蠟梅、水仙的芬芳，組成了一曲溫馨甜蜜的回憶。

又想起老舅母口中常提及，那在虎年誕生聰慧貌美的小女子，能書會畫，且精刺繡。嫁給同村的書生，侍奉公婆生兒育女，勤勞持家，卻不得婆母歡心，只因迷信女子是虎年生係：「白虎星」，非吉祥者也！怪哉！

小時候，我曾為此不平。這個「虎」字究竟代表什麼呢？真如人們口中兇狠、殘暴、專食人畜嗎?我小時候也常存疑。尤其是當弟弟哭鬧不止，母親總以恐嚇的口吻說：「別哭了，再哭給老虎聽見來咬你呀！」好像老虎無所不在。

後來，我在北平萬牲園看見真老虎，那一幅老虎媽媽擁抱兩隻小老虎，根本就是母子天倫樂嘛，老虎流露出母愛一點也不嚇人。另一隻在籠子裡睡覺的大雄虎，那慵懶的姿態，也一點不嚇人。母親說這叫：「離山虎」。

人們常說：「虎落平陽被犬欺」。狗仗人勢使然?我們對做事有始無終者稱為：「虎頭蛇尾」、對勢利小人借別人威風謂：「狐假虎威」、而「虎穴龍潭」、「虎尾春冰」：是比喻危險的地方和危險的東西。但：「虎嘯風生」則有英雄豪傑乘時奮發之意。所以自由中國的空軍健兒，有一個：「雷虎小組」，善於空中特技而享譽國際。

一般人對於「虎」多以形容英勇和危險，像：「將門虎子」、「虎口餘生」。古時武科錄取名單：「虎榜」，即現代軍事學校放榜榜單。

一種形容彈性限度定律叫：「虎克定律」，人們最熟悉的虎字在病名上，莫過於：「虎列拉」了吧？這種強烈高危險傳染病，二次大戰以前，曾威脅許多人生命。

中國有句手足之情名言：「打虎親兄弟」，小時候我有一本兒童圖畫書就叫：「打老虎救弟」。水滸傳有名的「武松打虎」，改編京戲，母親帶我去看過，十分精彩。很欽佩咱們古代小說家，藉著打老虎，創造了「武松」這個可愛善良的英勇人物。我有個屬虎的二弟，長得果真虎頭虎腦，他小時候頭戴虎帽，腳登虎鞋，走起路來也是：「虎步」，父母疼之愛之集三千寵愛於一身，誰都說這小子長大了有出息。

寫到這兒，我想起家裡客廳曾掛過一幅大老虎國畫，乃張善子的公子心德六哥傑作，畫上有他八叔大千題詩云：「借得腥風絕壁攀，峻峻丑鳥亦知還；蒼松妒幕山如虎，丑將弓開月一彎。」虎年雄姿，寄予無限的祝福！

31・姿雄年虎

迎虎年

印著大老虎名畫的日曆，告訴我：

虎年又來了！我不禁悚然而驚，因為光陰快速流走，是如此不留情。我寫「牛年趣談」那篇小文的情景，彷彿才在目前，轉瞬三百六十五天大好光陰，又由我指尖無聲流逝，任憑你再依戀不捨，也再追

不回來了！

「神以恩典為年歲的冠冕」，且讓我們對過去一年平安無恙，存感恩的心，迎接新的、威風勃勃的虎年。

虎在十二生肖中，無疑是較討好的一種動物，對於老虎，人們常是又怕又愛。只因這在北方俗稱大蟲的動物，自古以來是以威容形態取勝，龍騰虎嘯，雄壯豪邁，誰不欽慕？

民間對於「虎」的生肖，重視的程度，僅次於「龍」。一般說來，龍年生龍子固然大喜，虎年產虎兒也還不錯。所以我的二弟就沾光虎年誕生頗得父母寵愛。中國人一向重男輕女，姊妹在家地位原不如兄弟，何況二弟又是一名小老虎，童年記憶，他在家受的待遇，猶如小王子。

但是，如果是女嬰誕生在虎年，並不會與龍年龍女一樣幸運，受傳統迷信的餘毒，大多數愚昧的村夫笨婦，就認為娶個生肖屬虎的媳婦會給家族帶來災難，「白虎星」下凡嘛！

其實，按命理上講，屬虎的孩子長大了，個性多半沈著、有理想、頭腦聰慧，且有旺盛的企圖心。並不因性別不同而差異，男女同等！

「虎」在世界動物群中，品種甚多。雖然山虎野性難馴又會傷人，但虎毒不食子，虎媽媽和人類一樣有天賦的母愛。雄虎對幼雛亦甚愛護，算是懂得倫理的大動物。如今很多虎已瀕臨絕種的危險，這是因為愚蠢的人類，錯以虎身上許多器官吃了可以壯陽養身，殊不知實際上是無益反而有害。我們要保護老虎，與老虎和平相處，拒買虎皮、虎酒，支持保護野生動物才對！

兔子不吃窩邊草

兔年來了，屬兔的人據說是喜歡思考、感情豐富、行事謹慎、處處講求和睦圓融的人。不知道說得對不對？但是無疑的，兔子在小動物中很得人緣，牠溫馴可愛，又不會叫不吵人（兔子為什麼是啞巴呢？）不給人惹麻煩，很少人會討厭兔子吧？

多兒小時候唱過一首童歌，將小白兔可愛的形態，表露無遺：

紅眼睛、白衣服、短尾巴、長耳朵。
走起路來搖又擺。
請你吃根紅蘿蔔、請你住在綠草屋。
小白兔呀，小白兔，問你舒服不舒服？

記得小多兒與幼稚園小朋友們，在老師指導下，邊跳邊唱，非常有趣。原來，多兒就是屬兔子的。

咱家除小多兒屬兔兔以外，還有一隻老兔兔，就是多兒的老爸。大男生屬兔子有時未免自慚，因為兔子膽小怕羞，除了兔毛可做衣領、兔肉可食，似乎只有觀賞消遣的價值。是故，每逢我說自己屬「蛇」是「小龍」，老爸必搶著說他屬「兔」是「小虎」。蛇叫小龍眾所周知，兔子是小虎誰聽過？

屬兔有什麼不好，咱們不是說：「狡兔三穴」嗎？可見如果他是一隻聰明機警之兔，並不比小虎差呀！何況，兔子還有不吃窩邊草的美德。

由於兔子前腿短後腿長，走路半跑半跳好似袋鼠，北平流傳月亮裡有兩隻兔子在搗藥。所以中秋節，家家上供要買泥塑的「兔兒爺」。也不知打那年那月，什麼朝代，什麼人仕發明下來的習俗？小時就唱過兒歌：

紫子紫、大海茄、八月裡供的是兔兒爺。

八月十五以前，北平遍街水果攤邊上，全是賣兔兒爺的攤子。兔兒爺大的有小孩那麼高，小的能握在手心裡玩。兔兒爺的樣子很有趣，粉面紅腮，長耳聳立，嘴分三瓣。身披錦袍、頭頂盔、胸貫甲、背後插著一排彩色令旗，騎跨的是虎豹或金毛獅子。總是沒弄明白，這兔

兒爺到底是個什麼官兒?又為啥只有公的兔兒爺,而沒母的兔兒奶奶呢?

北平關於兔兒爺的歇後語、俏皮話也不少。常聽見的有:「兔兒爺洗澡——一灘泥」、「兔兒爺打架——散啦」、「兔兒爺拍胸口——沒心沒肺」、「兔兒爺翻觔斗——窩犄角啦」……。

到底為什麼中國人將男妓叫成兔子?不得而知。倒是外國的兔兒女郎,因為裝扮成兔子摸樣,是變相的應召女郎。很可惜,平白損壞了兔子純潔的形象,我要為兔兒喊冤!

41・草邊窩吃不子兔

想起了小白兔

那女孩已經走了很久了，我仍然記得她的小臉蛋，瓜子形臉下巴微凸，小鼻子、小嘴，兩隻細長明亮的大眼睛，笑起來唇邊嘴角細細的皺紋，活像個兔寶寶。對了，她的小名就叫兔寶寶，她又真的是屬兔的。

兔寶寶是我的乾女兒，我中學同班好友的女兒。我們住在臺南的時候，她曾由臺北來我家，陪我渡過一個長長的暑假。

小女兒很乖巧，喜歡吃紅蘿蔔和菜心。善解人意的小女兒，帶來她隨身寵物天竺兔，天竺兔跟天竺鼠一般，肥嘟嘟胖呼呼，也是愛吃菜心和紅蘿蔔。當我呼喚兔寶寶的時候，小女兒便抱著她的兔寶寶，急步來到我跟前，甜美可愛的鏡頭，使我忍不住感謝造物主，為人類安排了可愛的小兔兔，做我們的朋友。

據生物（動物）詞典上記載，兔科亦有幾十種。野兔生態與家兔稍稍不同，大多數家兔身體表面均有細密柔毛、上頜門齒兩對，下頜僅僅一對，無犬齒，就像人類的「兔牙」。一般兔兔尾巴短、尾巴短而肥粗者學名：「棉尾兔」。

兔子溫馴討喜，但不易養，更不如各類小犬，生病有獸醫保健。兔子一旦拉稀，或受傷出血必死無疑。

養兔經濟價值多半在牠毛皮，光滑柔軟保暖，但我決不採用。兔

肉細嫩鮮美，我也不忍食之。至今我猶記得二十年前，廣東朋友請客，餐桌上壓軸名菜曰：「龍虎鬥」。大海碗裝著香味四溢的一道湯菜，在座賓主皆大快朵頤，唯我不敢嚐試，因為我是屬蛇的，不吃蛇，而名為「虎」卻是「兔」，也非我願品嚐者。我想，造物者既然賜下許多五穀雜糧，又有營養豐富的奶品，不必殘殺生物滿足口慾。如果有一天，地球上所有動物都給人類殺光，您不感到寂寞嗎？

兔年說兔，殷切祝福！

畫龍點睛

又逢龍年，和龍相關的文章、神話、圖畫，都紛紛出「籠」了！

龍是中國人尊貴的標幟，所謂「龍種」，便是咱炎黃子孫用以自豪的名詞。在一篇追念經國先生大文中，形容經國先生付出全部心力，為改善人民生活，推行民主政治，把貧窮落後的六百萬臺灣島民，變

成了兩千萬富強康樂的「小龍」；說得真不錯！

龍是富強康樂的代表，也是吉祥幸運的象徵。中國人是最愛龍的民族，但是對這個神祕的龍又懷著無比敬畏之心！由於歷代皇帝的服飾、用具全繪上龍的圖案。自古以來，藝術家、畫家，也都將龍繪塑成能呼風喚雨，口吐日月，法力無邊的東西，造成了又怕又愛的印象。小時候，看見畫兒上遍體彩鱗，蟒身、牛鼻、虎眼、獅口、狼牙、鯉鬚、鷹爪，頭上還頂著一對鹿角，既漂亮華麗，復高深莫測的龍，心中總是崇敬萬分！

龍是討中國人喜歡的傢伙，歷來，有關龍的成語可以證明：祥龍降瑞、龍鳳呈祥、生龍活虎、龍精虎猛、龍鳳麒麟、雲生從龍、畫龍點睛……太多了！每句成語都有好的來歷，僅說「畫龍點睛」，普通喻為好文章中妙句，其實源自古代傳說一位張姓畫家，於金陵安樂寺大殿壁上畫四龍，不點睛；云點之即飛去。人以為誕，因點二，須臾雷電交加，二龍破壁乘雲上天，未點睛者仍在。

49・睛點龍畫

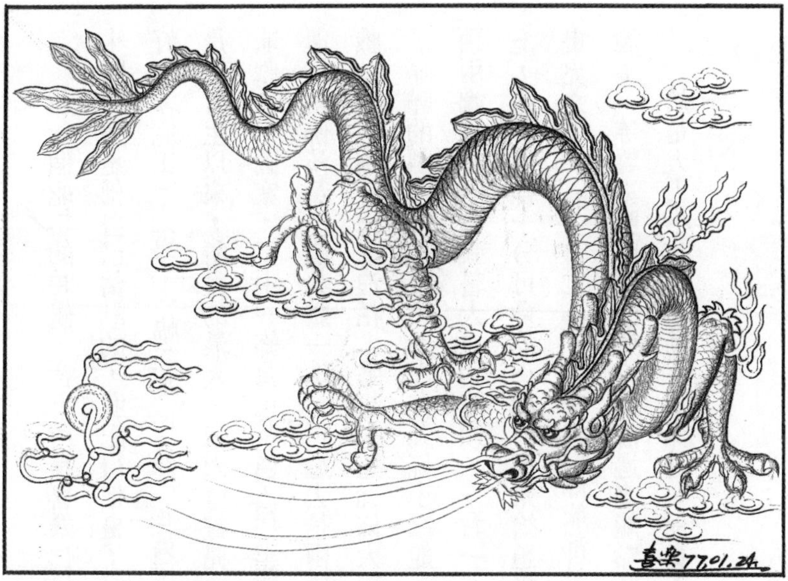

前一個龍年的時候，舍下戶長喜樂仁兄，心血來潮，費了四百多小時（這是他自己估計的，我記得他畫了好幾個月，畫畫停停，拖了好久才完工），畫了一幅三英尺寬，七英尺長的大「北海九龍壁」，那是他有生以來，所畫的最大一張大壁畫兒。畫兒上九條龍布局是「雙龍戲珠」圖案，正中一條為正黃色，採坐龍形狀。東西兩側各一青龍，與另兩條淡黃色龍共戲一珠。再過去是兩條紫色，及兩條深黃色龍相戲一珠。襯著海水浪花，瞧起來這九條大龍真在水裡起浮跳躍，聽到了嘩嘩的戲水聲！壁頂上尚有九條小綠龍，與九條大龍上下呼應。壁頂兩端另有兩座張著大口的龍頭，一右一左互相凝視。頂側黃琉璃瓦上，還有兩條十分可愛的小龍。喜樂繪這幅壁畫煞費苦心，好不容易畫完之後，我走近一看，怎麼每條龍都是瞎子呀？他老兄慢吞吞的說：「等妳來點睛哪！妳沒聽說過畫龍點睛嗎？」

於是大人小孩全家動手：保健、保真、保康各點兩條，加上我「老媽」點的兩條紫色龍，共點了八條。剩下一條留給原畫作家——喜樂。他點完最後一條龍，那種如釋重負，既喜且樂的精神真是無可言喻。

龍的話題

龍年又來了，龍的傳人炎黃子孫，都以無比的興奮迎接新的三百六十五天「龍年」歲月！

小時候，有人問到我的屬性？我決不肯說是屬「蛇」的，而說自己是「小龍」。前不久幾位北平老鄉在一塊兒聊天，說到血型與屬性，

林大姊問我屬什麼的，我說是屬小龍。咱們那位專門挑人家語病，自己「喜樂」，叫太太生氣的先生又插嘴了：「她那兒是屬小龍的？她要屬小龍，我就是屬小虎啦！」

他是屬兔子的，膽小柔順的兔子，能跟兇猛好鬥的老虎扯得上關係？龍蛇本同族哇！那自古傳說下來的神龍，上天會飛，騰雲駕霧！入水能遊，興風作浪！有什麼生物比龍在人類心目中更神秘偉大？雖然，古今中外科學家，都沒證實有龍存在，有什麼關係？反正龍這個寶物，已在咱們民族情感上生了根，認定它是吉祥富貴的代表！

自幼對龍抱著好奇，雖然自稱是小龍，卻不清楚龍的真面目。到底龍是什麼樣子？是春節時故鄉湛藍天空飄的龍風箏一樣嗎？是元宵夜提的龍燈籠嗎？還是端午節划的龍船？幼小的心，對龍充滿景仰與渴慕！隨著年齡增長，聽到更多龍的故事、神話。年畫兒上的龍早已不是代表小女孩心目中為龍雕塑的形象了。母親帶我遊北海、逛故宮的時候，兩座九龍壁上的「龍姿」，也不足表達小女孩心底對龍的造

55・題話的龍

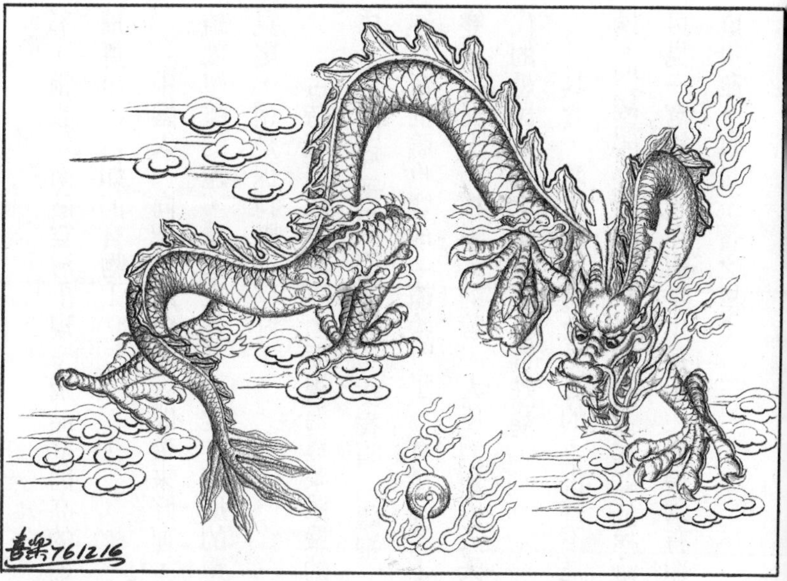

形。牠該是衝破雲層出現一道晶紅閃亮的金光，口吐寶珠，四爪如翅，飛舞出沒自如的寶物！

中國人一向認為龍會為人間帶來好運，張牙舞爪在九龍壁上用玉琉璃塑雕的龍，看起來並不可愛，相反的還有點兒怕人！神龍見首不見尾，還是保持點神秘好！

古時龍因代表皇族，而視為尊榮威嚴的標幟：皇帝睡的床叫「龍床」、坐的椅子叫「龍椅」、穿衣叫「龍袍」、乘的車叫「龍輿」——連皇帝的臉也變成「龍臉」了，真是好笑！試問：果真當了皇帝，就變成畫兒上龍樣嚇人的臉，大臣們還敢天天朝見他嗎？完全是專制時代的愚民政策！騙騙小老百姓罷了。

其實，龍也不見得全是好的，古書不是記載「龍生九子」有好有壞。聖經記載龍類中有一族叫「戾龍」的怪獸，竟代表魔鬼與罪惡呢！可見一窩蜂要趕在龍年生孩子，以得到有龍子、龍女的父母，不顧家庭計劃，真是不智之舉！

小龍迎春

翻開朋友贈送的新記事簿，扉頁上印著：

一九八九、七十八、己巳年——更好的一年：小龍年。

小龍二字旁邊，有一幅葉醉白畫的小龍圖，圖片中一條活潑可愛的小蛇兒，抬起扁圓的小頭在草地上爬行。「小龍年是更好的一年」，真是太妙啦！

禁不住心頭泛出陣陣欣喜，竟然真可以將蛇喚作小龍哪？感覺上這本記事簿，設計得很別致，編排更加精美了！

「小龍」！多親切的名稱。長久以來，由於人們對蛇的厭惡，對龍的崇敬，使得我難免自嘆生不逢辰，不幸晚了一步趕在龍後面。幼時說到屬什麼，便怨母親為啥不早一年生我？這時母親總是含笑，用她慈愛的手撫摸我滑溜溜的頭髮，說：妳也屬龍，是小龍。

慈母的溫馨，雖然能讓當時我幼小心靈得到安慰，但改變不了蛇代表邪惡的觀念。仍然耿耿於懷自己不該屬蛇！世上惹人憐愛的動物那麼多，為何偏偏將蛇列進十二生肖。真太沒水準，太沒學問了！

其實，為了屬蛇怨天尤人大可不必，拿聖經上有關蛇的記載來看，人們最熟悉的莫過於創世記三章，引誘亞當夏娃偷吃禁果，犯罪被上帝趕出伊甸園的那條壞蛇。卻很少人知道在民數記二十一章，蛇好得足以濟世活人。當以色列民族犯罪，給火蛇咬傷的時候，上帝曉喻摩西將一條銅蛇掛在杆子上，仰望它就可活命。在這以前，上帝也曾叫摩西帶領以色列人，脫離奴役他們的埃及土地，摩西將手杖丟在地上變蛇，嚇止阻礙他們成行的官員。至今，中華民國軍醫徽章，仍採用蛇盤旋在架子上的圖案。

說蛇壞只因蛇有毒，遭毒蛇咬了會喪命。然而那樣動物咬了人沒關係呢？醫學報導，人類忠實的朋友及寵物，貓狗猴子等牙齒和爪子內都含有狂犬菌，小小的蚊子都會傳染登革熱。人不惹蛇，蛇生存在山野內也不會咬人，各不相犯。可嘆好吃的人類，常借口補身養目，捉蛇來殺掉，吃肉喝血，甚至剝下蛇美麗的皮做成皮包皮帶皮鞋圖利。還說蛇對人類沒有貢獻，而盲目的崇拜誰也沒見過的龍！

根據十二生肖論，講到原係小龍的蛇：「性格突出，具無以言喻的神秘力量，聰穎智慧，隨和溫柔，富哲學思想，吃苦耐勞，有獨特

的魅力。重友情，好運氣，名利富貴唾手可得，意志堅定能成大業！」

多好哇！這樣一條活躍的小龍，充滿光明前途的小龍，正象徵我們的社會迎向燦爛的春天！

蛇的故事

欣逢丁巳，年肖屬蛇。

一般說來，蛇是不怎麼討喜的爬蟲。雖然蛇年來了，會出現許多對蛇的禮讚，但這種又叫：「長蟲」的涼血動物，給人的印象總是恐懼加上厭惡。

到底為什麼造物者既造了「龍」，為何還創造惹禍招厭的「蛇」呢？聖經創世記上不是說人類的始祖亞當，被上帝賜給他做伴兒的女人夏娃引誘，偷食禁果犯罪，雙雙給驅出伊甸樂園。

亞當和夏娃除了被趕出樂園，還罰亞當汗流夾背方得糊口的終生勞苦、夏娃則必須受生產之苦懷孕生子。而惹禍的原兇「蛇」——是牠先引誘夏娃，夏娃才引誘亞當的，卻只被罰用肚子走路。

蛇不但難看，還會傷人。有人看見蛇的相片便嚇得發抖。此話決非誇大其詞，我的胖舅媽便怕蛇怕得要命。每回我們回姥姥家，胖舅媽必再三叮嚀：「小二妮，晚上可別出去亂跑啊，外面有長蟲。」

胖舅媽愛心推己及甥女兒，她自己怕蛇，忘不了吆喝著我們。因為我們這幾個城裡的小娃娃一回到姥姥家，就不知天高地厚，不分晝夜玩得忘形。而姥姥家在鄉村，院子裡真有蛇出入。胖舅媽有一次夜間入廁所時，就被蛇纏住了一隻腳，她大叫一聲就昏了過去。家人救醒後還嚇得生了一場大病。

63・事故的蛇

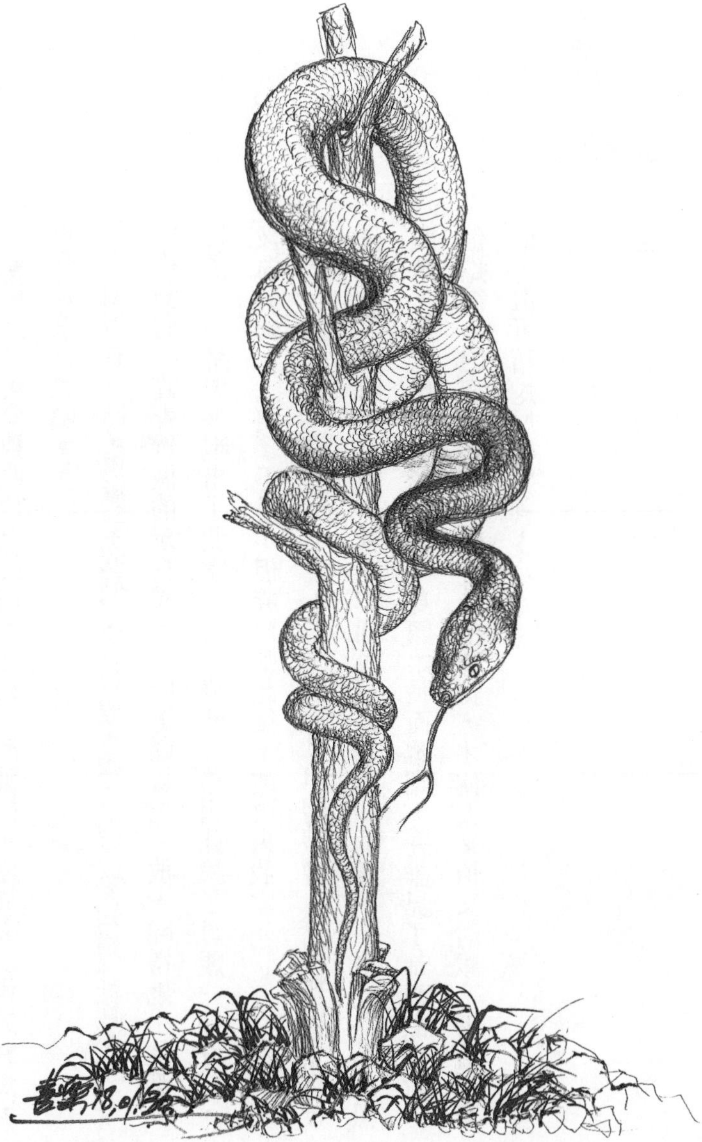

從此胖舅媽連照片上的蛇，她見了都發抖。連菜市出售的鱔魚，也令她望之喪膽。

記得有一回，舅媽來我們家看母親，頑皮的二弟知道她極端怕蛇，惡作劇將一條青竹做的玩具蛇，向胖舅媽身上一放，嚇得她小便都失禁了，一路哭著跑出了我家大門。雖然二弟因此挨了母親一頓好打，又向舅媽大人賠了不是，但胖舅媽此後不敢再來我家。

近讀文友曾焰少年小說，也說蛇是可怕的動物。據說蛇很早以前，長得非常美麗又可愛，牠原有圓弧形線條柔和的頭，一雙亮晶晶的黑眼睛，身上斑紋多彩豔麗，身軀柔長而嫵媚，任誰見了都喜歡親近。但蛇後來因寵恃驕，常傷害其他動物，才使人又怕又討厭。傳說不可信，但可藉蛇反省為善！

又聞馬蹄聲

己巳這條小龍來去匆匆，想抓住牠的尾巴已來不及，真應了中國人說的：「神龍見首不見尾」。馬年來了，又是一年開始。馬是人類寵愛的動物，古今中外，關於馬的忠良、神勇的傳說很多。故事神話中，甚至基督教聖經裡，也常出現各種不同的馬。馬在人類生活中，常扮

演極重要的角色。

馬年是受歡迎的，屬馬的人個個以「馬」為榮。小時候，對日抗戰時在四川，黃昏的馬蹄聲，曾為小女孩兒帶來父親回家吃晚飯的歡喜！喜歡看父親穿著馬靴的雄姿，記憶裡大英雄和大壯馬總是連在一起。而京戲裡老生手上那根馬尾拂塵，也叫我想起馬伕牽馬離去時，那條隨著馬步擺動長長流蘇般的大尾巴。黃昏暮色中，馬伕牽馬回槽休息，第二天黎明再牽過來接父親，母親總是憐惜馬和馬伕辛苦，邊問：「餵足了草料啦？」邊將熱騰騰的肉包子，或香噴噴的蔥油餅端給年輕的馬伕吃。在那段出門只有坐滑竿轎子，和雞公車（四川獨輪手推車）為交通工具的年月，我常懷著騎坐馬背上的夢想。小小的年紀，是何等羨慕人馬合一、馳騁草原的滋味兒。

當時還不會唱英雄騎馬過山崗，但覺當馬兒出現家門外遠遠的土坡，便莫來由的興奮得臉紅心跳。那時候，諒必也沒聽過，不懂得什麼叫「白馬王子」吧？幼小的心靈只認為，日本鬼子侵略的戰火，隔

67・聲蹄馬聞又

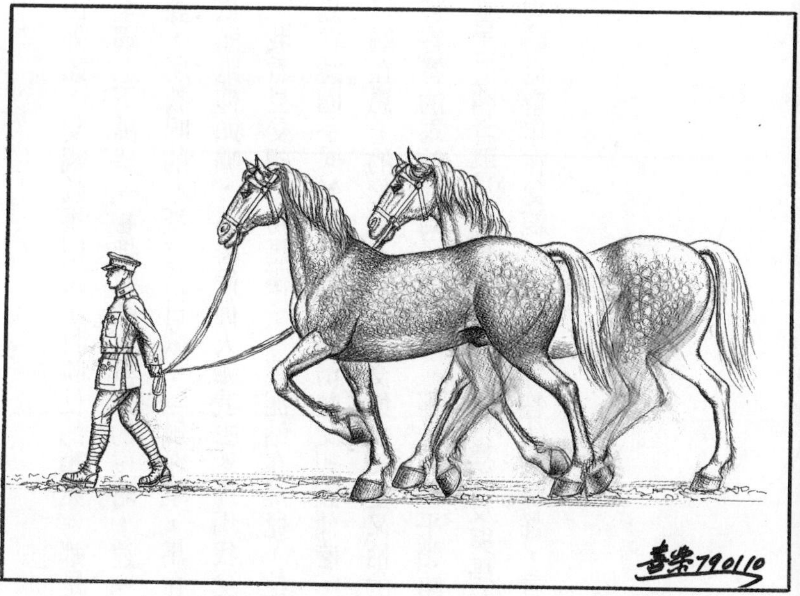

在遼遠的山外頭，父親騎馬回家是打勝仗的預兆。那是何等同仇敵愾的時代！全國上下萬眾一心抵抗敵人無理的侵略，連一、二年級的小學生音樂課，所教唱的亦祇有抗日歌：「風在吼，馬在嘯——」

馬兒低頭跑仰頭嘯，小時候佣人領我去教馬場找父親，因為家裡來了客人。我看見父親手持馬鞭子一腿泥站在那兒，他的學生騎著嘶叫奔跑的馬在繞圈子。然後我還沒搞清楚父親說什麼，就被馬伕抱起來，送給已騎在馬上的父親，在驚喜交集，又愛又怕的心情下，父親抱著我隨著答答的馬蹄回到了家門口。那是我生平領略的唯一深刻的父愛，儘管早已隨著歲月更替煙消雲散，每逢觸及與馬有關的事務時，我便又一次聽見童年在父親蔭庇下，答答的馬蹄聲，看見八匹駿馬奔馳而來！

小小羊兒要回家

庚午躍馬之年，跑得快！轉瞬馬蹄答答，絕塵而去。不管這一年發生多少大事，多少值得留戀不捨的歲月，「時間」是永遠不停的朝前走。春秋更替，寒冬來臨，鞭炮聲中，羊兒咩咩應聲而出：「辛未吉羊」，更好的一年：「羊」年，帶著新的祝福和期許，來到了人間。

羊者主「吉祥」也。小時候，不懂大人因何歡喜羊年?屬羊的三叔最得爺爺寵愛，一聲聲喚三叔乳名：「小羊，小羊」，顯得多麼親暱。調皮的堂兄背地裡，十分不肖的扁起嘴說：「小羊、小羊，羊皮褲子羊皮襖噢！」

羊皮褲子、羊皮襖都很暖和，是天寒地凍大陸北方居民的恩物。而小時候頂羨慕的，是母親大人紫羔羊皮袍子。皮毛朝裡，外褂寶藍緞子袍面。每逢母親脫下皮袍，我便忍不住撫摸那黑油油，光滑滑冒紫光的捲毛，據說，紫羔是羊皮中最上等者。所謂：「紫」羔，係毛根處，及光澤有那麼一點漂亮的紫。這種羊，也是最名貴的品種。我們小孩兒，衹有白捲毛紅緞子小背心，過年穿的。

羊皮襖在北方很普遍，甚至黃包車夫也穿得起。只是皮毛好壞，價值差距而已。羊皮總是穿在貼身裡面，不似貂皮大衣，皮毛在外。若翻穿了羊皮襖，那就合了一句俏皮話：「翻穿皮襖裝老羊」啦！

羊是溫馴可愛的家畜，性情和平孝順，小羊吃母羊奶，都是跪著

吸。尤以綿羊最善良，牠可以乖乖的讓人剪光身上的毛，不急也不躁，只是轉著大大的羊眼，朝牠的主人咩咩好像小孩撒嬌。最不忍的，是在北平賣羊肉的店舖：「羊肉床子」外面，用繩子繫著的「待宰羔羊」，您會發現羊的兩隻大眼，不停的流淚。羊兒通人性，知道自己死期將至，只是不會說罷了！

羊肉美味，但世上可吃的東西甚多，人類為何非吃羊不可？羊只需一些草料，即供給人類營養豐富的羊奶，羊毛紡線製衣織毯禦寒保暖。人類實在不該貪口腹之慾殺羊。

不僅羊，十二生肖之內，大多數都被人當成佳餚。人竟自承屬雞、屬牛、屬羊？唉！人類是世界上，最矛盾的「動物」！

小時候我也挺愛吃羊肉，自從跟鄰居小儉，到她姥姥家放羊玩過，我就不忍心吃羊肉。儘管烤羊肉多麼香，羊雜湯多好喝，吃的時候總是聯想到羊掉淚的慘狀。

聖經上曾說：「好牧人為羊捨命」象徵人與羊之間密切的關連。

耶穌基督又自喻為了人類的罪，甘心捨身流血救贖，使人可借此獲得新生命。而做了人類的「代罪羔羊」。

常說：「三羊開泰」，喜樂為我畫的圖中，有七隻不同姿態的綿羊。羊尾巴像個球，彎彎的長犄角，大眼睛，渾身捲毛，不是很可愛嗎？小小羊兒要回家！

羊者：「吉羊」也，願吾國吾民，羊年諸事順遂，吉祥如意！

城門與羊群

羊年又來了！羊與祥諧音：「羊者祥也」。

羊乃溫馴動物，群羊倘佯於綠茵草地間，覓食於山坡上，是一幅祥和的畫面，引人心往。

我的童年記憶，都有一幅：「城門與羊群」的圖畫，鮮明雋永，

久不褪色！

故鄉冬寒，天色湛藍。藍天無雲，冬陽分外溫暖明亮。暖和的太陽照耀下，巍峨壯麗的城門樓臺，琉璃瓦閃著彩色繽紛。一群毛絨絨的小白羊，乖馴的跟隨牧羊的男孩，緩慢有序的行走在大街道上。

如詩如畫的街景，曾令坐在洋車上的小女孩，深深感動。我問母親羊兒的家在那兒？母親說在城門外。城門叫什麼？叫：「平則門」。

北平城，門可多呢！「裡九外七皇城四」，算起來大大小小有二十座咧，不是五六歲小女孩記得清的。但「平則門」我聽說過，而且很熟悉。因為我常和鄰居小朋友比賽背兒歌：

平則門、拉大弓，過去就是朝天宮。

兒歌內容由平則門開始，將好些重要寺廟、街名，都編進去了。我記得平則門，也和大人打平則門前頭走過多次，但唯有將辭別故鄉的冬季，我親眼看見長犄角，短尾巴的小綿羊，成群的在城門前走。

羊是人類喜悅的動物家畜，和牛一般。羊性和平善良，祇吃草料就供應營養豐富的羊乳。除了羊乳，羊也可以任由人類剪下它的毛，供人織成線、紡成布，做衣製毯，保暖禦寒。人類卻不因此滿足，必要吃羊的肉。羊肉較豬牛肉更細嫩，為大陸北方主要肉食。北平一到秋風起，羊肉的需求量大增。各飯莊食堂門口，皆掛出了：「炰烤涮」的招牌。北方西口大綿羊肥腴不羶，羊腸、羊肚、羊雜碎無不美味。咱們老祖宗造字，不是魚羊合起來叫：「鮮」嗎？

好的羊肉確實鮮美無比，北平賣羊肉的叫：「羊肉床子」，除了出售生羊肉外，上午兼賣羊肉包子，下午則賣燒羊肉。羊肉包子餡大有汁，燒羊肉裡嫩外焦，走油不膩，都是小孩百吃不厭的佳餚美點。但是自從在平則門見過那一群，可愛可憐的小綿羊後，又想起小儉她姥姥家的羊，我更不忍心再吃羊肉。因羊者乃：「吉羊」，人類能與羊和平相處，善待羊才好！

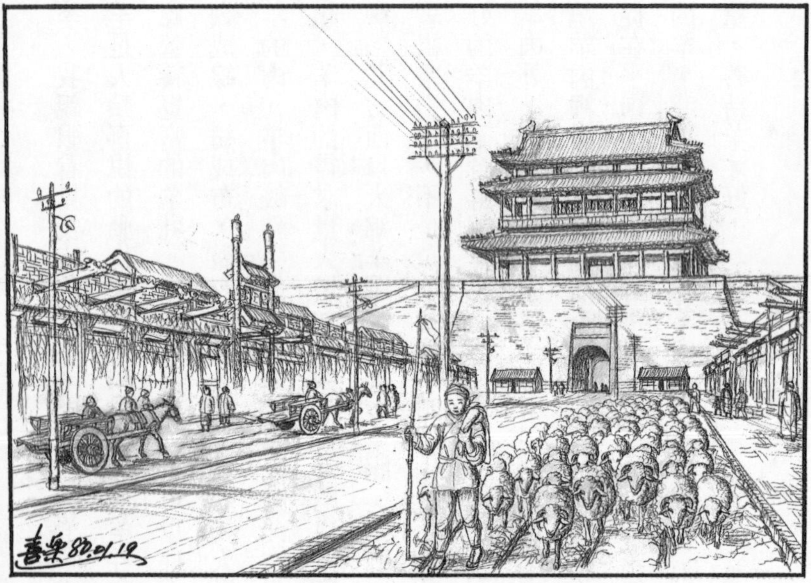

羊的祝福

十二生肖內，「羊」是很討好的家畜。古今中外關於羊的神話很多，傳說也不少。中國歷史上的忠臣：「蘇武」，被敵人俘虜了，不肯投降，寧可在冰天雪地的北海去牧羊。與羊為伴渡過十九年歲月，「蘇武牧羊」至今傳為佳話，並當成教忠、

教孝的模範。

中國有「蘇武牧羊」，外國則有：「大衛王牧羊」。相傳大衛出生在八個兒子家中，他是最小的兒子，父親派他去放羊。大衛對羊十分關愛，曾為救一隻小羊，赤手空拳擊殺了一隻獅子。

後來大衛受先知撒母耳祝福，他彈得出美妙動人的豎琴。當以色列王名叫「掃羅」的受邪靈困擾，大衛的琴音能驅邪，頗得掃羅王喜悅，留大衛在王宮內。大衛又以彈弓投石，打死善戰的巨人「歌利亞」。掃羅王收大衛做女婿，將兩個女兒都嫁給了大衛。掃羅死後，大衛就做了以色列王。

大衛本是一名默默無聞的放羊童子，竟當上以色列王。照聖經上形容放羊童子時的大衛：

眼睛炯炯發光，是一個英俊、健壯的青年。

聖經上有許多以羊為喻的名言，如：「好牧人為羊捨命」「我的羊，聽得見我的聲音」「看哪！上帝的羔羊，除掉世人罪孽」，而耶穌基督誕生的時候，天使初報佳音，也是給牧羊人。

另外九十九隻羊的比喻，言簡意深。小故事說一位好牧人有一百隻羊，走失了一隻，牧者丟下九十九隻羊，去尋找那失落的一隻羊。這故事已編進一首讚美詩，非常好聽。

羊是善良和平的動物，對人類貢獻良多。每當寒風瑟瑟，我出門圍上柔軟的羊毛圍巾，便覺暖和無比。羊毛紡線織布製毯，為人類抵擋冰雪酷寒，羊乳養眼壯身，人類並不因此滿足，必要殺羊吃肉。

我發現咱們老祖宗立定十二生肖時，可能並不知道肖「雞」的會吃雞、屬「牛」的愛吃牛，羊年來了，那些羊年出生的孩子，對於細嫩美味的烤羊肉、炰羊肉、涮羊肉、羊肝、羊肚、羊腸雜碎湯，照樣吃得津津有味啊！多麼矛盾。我只聽琦君大姊說過，她不忍吃鱔魚，因太像「蛇」，而琦君大姊是屬「蛇」的。羊者：「吉羊」少殺羊吧！

猴兒值年趣事多

十二生肖不知是誰選的?反正不管那種生肖動物討喜,還是討厭,輪到牠值年,那動物便成了中國人讚美的焦點!

如果不值年,明明忠心的狗,被指著形容沒出息肖狗者:「叫狗耕田狗不耕」。

81.01.25.

罵吃苦耐勞的牛是：「不配轡口不犁田」，形容執拗乖僻，固執的人是：「牛勁十足」、「牛脾氣又犯了」。

形容肖馬的是：「不裝鞍子不上道」……。

總之，明明是同樣動物，喜者美，惡者醜。十二生肖中，好像唯有猴子被厭惡的少。由小到大聽過好些與猴兒有關的趣事，都還算戲而不謔，滿好玩的！

猴兒最討喜的角色，莫過於西遊記的孫悟空。作者將這個形狀生態祇與人差一點點，也會用後腿走路，能站、能坐的動物，塑造得既活潑又聰敏，又妒惡如仇，且急公好義人見人愛的角色。而且行動敏捷，一個筋斗翻十萬八千里。令人愛煞羨煞！

小時候，大人常用：「這小孩兒多猴啊」，來形容孩童機靈乖巧。又以「擦得兩臉蛋猴屁股一般」，笑話化妝過分的女人。最叫我好笑的，是老王媽罵老張媽：「瞧她那分德性，天天擦胭脂抹粉老猴精！」因為張媽愛美喜歡打扮，幹活兒少。王媽做多了受累，覺得冤枉

看張媽不順眼，仗恃自己在我們家資深，口無遮掩隨便罵人。但罵人像猴兒，不似罵人豬狗傷人深，多不怪罪。

念小學時，偷了一本母親的紅樓夢，半猜半懂的看。覺得好玩的是寶玉跟幾個不正經的小伙子做詩聯句那一段，不知是誰沒學問亂接：「女兒愁，繡房裡鑽出來個大馬猴！」

「大馬猴是啥？」我問母親。母親將我訓了一頓，叫我小孩兒別瞎說。後來我明白「大馬猴」名詞只是不雅而已，並不是髒話。猴急性子、精得像猴兒、一窩子猢猻等等都跟大馬猴一樣，用來形容人的個性。

猴兒所以被利用來形容人個性，實因猴兒只差人一點點也！傳說中猴兒經過訓練，挑柴煮飯、打水澆菜、牧牛放羊，無所不能。甚至飲酒、吸菸、賭博打牌，人類不良嗜好牠也照單全收，跟著主人有樣學樣兒。

當我聽見上面那些傳說後，縱容正在為我：「猴年畫猴兒」的喜樂老伴，拜託他畫一幅：「靈猴兒牌戲圖」。他照例先說「不會畫」。我說：「就知道你沒本事畫」——用激將法，他果然中計照我的意思畫出來了，您們看多好玩，猴兒不單會搓麻將，還會做弊偷牌咧！好玩不好玩？

猴年順心如意，大吉大利！

猴年懷思

彷佛前不久，才聽得羊兒咩咩而來，竟不覺又輪到了小猴兒值年當令，猴子是令人喜愛的動物，早在聖誕節前一個月，我收到第一張賀卡上，就是印著兩隻可愛的猴子。一隻紅臉，一隻紫臉，旁邊有畫家題字：「孫小虹和孫小蘭」。

各傳播媒體，亦搶先以「猴兒」為話題，最惹眼的是電視廣告中，出現螢光幕上活潑跳躍的猴寶寶！使我想起好多關於猴子好玩的事。

小時候，遇見我沈不住氣，急著要吃要喝，或是催大人帶我出去玩。大人就會罵：「妳急什麼？猴屁股著火啦！」

由於有些猴子屁股是紅的，家人常以猴屁股著火，形容小孩兒跳來跳去不安份：「猴急」！至於猴子屁股為什麼那麼紅？姥姥講的故事有說明：

「從前哪，有一隻漂亮的公猴子，愛上了一個大閨女，就想把那閨女要回家當老婆。那個閨女當然不答應啦，人家長得俊俏俏的大姑娘，怎麼能嫁給一隻猴子嘛！但是猴子天天守著那閨女家門口，從早到晚坐在門口石頭上。有一天，那閨女的娘叫人把石頭燒紅了，猴子不知道，一坐上去就燙得吱吱叫，疼得捂著屁股連跑帶跳的逃走了，從那時以後再也不敢來，而猴屁股就變成紅屁股了！」

當時年紀小，對姥姥的故事半信半疑，長得大一點心裡早明白猴屁股並不是燙紅的。後來，在有關猴子的書本中，得知一種叫「中國獼猴」的猴子，不單是紅紅的屁股，還是紅紅的臉哪！

姥姥其實也曉得猴子想娶人為妻，完全是編謊的。當初所以有人編這麼一個故事，我猜是因為猴子的生態，與人類很接近。老蓋仙夏元瑜是愛護動物專家，他有一張摟著猴子合照的相片，題名：「親情」，旁邊有字說明：「小猴子找到牠親爸爸啦！」

另外一張跟猴子合照，他說臉上沒毛的是他，有毛的是他的遠親——可見老蓋仙多愛猴子。老蓋仙曾寫過一篇替猴子講話的文章，痛斥人類的虛偽，及對動物的殘忍！

說得也是，猴子的形體不過比人多了條尾巴，身上多長了一些毛。但牠的智能卻與人相差無幾。人類有母愛，猴子也有。甚至有些地方較人類的母愛更多，更偉大。我在臺北動物園就見過，母猴生了小猴子，連吃飯、上廁所，都不肯將小猴兒放下來，一直抱在懷裡。

稍稍受過訓練的猴子，不僅會聽主人每一句命令，而且會察顏觀

色。見主人臉色好看，牠便高興得跳來跳去，主人笑，牠便拍手樂起來。主人要是一瞪眼，牠馬上兩手抱頭，一付小孩兒做錯事怕挨打狀，真是既好玩又可憐！

北平東安市場，以前有用蟬蛻做的小擺設，就是做成一隻隻的小猴兒，有挑擔子賣東西的小販、騎自行車或拉黃包車的。因為蟬蛻做成小猴兒非常逼真，各種道具如餛飩擔子、小自行車，也都做得維妙維肖，大人孩子見了無不喜歡！

另外，北平吹糖人兒的，最受小孩兒歡迎的：「猴兒拉稀」，就是一隻糖吹成的小猴子。這猴子粘在一根竹籤上，牠屁股下也是用糖做成一只小碗，小孩子買的時候，賣的人在糖猴頂上扎個洞，灌進糖稀，稀糖由猴兒屁股流進小碗裡，小孩子用舌頭舔著吃。「猴拉稀」，不知誰這麼捉狹小孩兒？騙孩子吃猴子稀屎，竟想出這種名堂，還沒一個大人反對小孩兒吃呢，可見挺喜歡小猴子的！

小時候北平街頭看耍猴兒的，我就很同情猴子讓人逼著表演。當

那穿著小衣裳的猴猴，坐在裝面具的箱子上，耍猴的背著十字木架和箱子。敲著銅鑼，牽著羊走進胡同。這時候附近住家的大人孩子們都圍過來了。

耍猴的先在地上釘一大釘子，將十字架拴好。小猴兒先騎羊當馬，繞一圈換一個面具，有大美人、長鬍子老頭、小丑、老太太，換來換去十分滑稽。然後，耍猴的叫猴子爬上十字架橫竿尖上，用力轉得快速為了嚇小猴猴，小猴子怕掉下來，死命抓緊竿子，狀甚可憐！

小猴子表演完了，便隨著耍猴兒的鑼聲，朝觀眾敬禮、叩頭、又翻筋斗，向人要賞錢。完全表現出替人賺錢的工具模樣。與人家西洋馬戲班中養的猴子，所受的待遇，大不相同。我看過馬戲開鑼也有猴子騎狗，人家那猴子多麼活潑自如，看得出是「訓練」出來的，而非用「打」教會的。

猴子還有許多優點，一時說不盡，道不完。唯願咱們文化悠久的同胞，多多愛護動物，千萬別貪口腹之欲，視牠們為下酒佳餚呀！要知道，上帝造人，也造動物，給人權柄管理牠們，不可自以為聰明，任意妄為，要遭報應的。猴年百事可樂！

猴年話題兩則

猴來居上

雄壯的馬蹄聲如飛而逝，智慧的羊亦將匆匆離去。歲月並不因中

國人何種牲畜值年稍做停留。四季更替，該熱的時節流汗，該冷的時候寒瑟。花開花落，總是順著造物者定律運行！

羊年去了，猴兒接替。在這年終歲首，我們且以小猴兒當話題，說一番祝福的吉祥詞吧！

在十二生肖裡，無疑的小猴兒是十分討喜的動物，牠機靈慧黠、和平善變、滑稽可愛……許多許多的優點一時也說不清、道不完。最重要的，還是牠聰明伶俐善解人意。也許，因為牠是所有動物中，與人類生態最接近的吧？所以無論老中少什麼年齡的人，莫不喜歡小猴兒。

猴兒如果不多長了一身毛，一條尾巴，您看牠的四肢和雙手，跟人的也差不了多少。而牠那張猴兒臉，不活像個小老頭兒嗎？

我小的時候，最愛看耍猴兒的。因為穿上衣服的小猴猴，騎著羊當馬，不停的繞圈子換面具。一會兒是小丑，一會兒是英雄或美人，學得都維妙維肖。而馬上英猴身手矯健，下到地上，拄個拐杖模仿老頭兒走路，又是那麼老態畢露。總會使圍觀者開懷大笑，鼓掌不已！

兒時常聽糗人的話是：「你的猴屁股著火啦！」其實並不是所有的猴兒都紅屁股。猴兒的種類繁多，撇開猿猴不說，僅正宗猴科，我見過的相片就有：名貴珍奇的「金絲猴」、成天愛睏的「小懶猴」、體大毛長的西藏「短尾猴」，還有紅臉紅屁股的「中國獼猴」。

國畫中最常見的松猴圖，便是以一株高大的蒼松，配上一隻或數隻大小猴兒，來代表祥瑞。因松柏長青有高壽之意，而「猴」、「侯」同音有升官涵意。主要的，我猜還是這種配合很清新，較之大朵牡丹表富貴更有意義。

猴兒確實令人歡喜，一部西遊記若缺少了孫悟空，還有什麼看頭？猴年來了，深願千變萬化的猴寶寶，給咱們社會帶來親切祥和、進步繁榮、民生樂利的新氣象。那麼，猴（後）來居上，也就當之無愧了！

猴年趣話

猴年來了，大家免不了以猴兒為話題，說些猴子的討喜與討厭，可愛與可惡的特性。和一些市井傳說的奇猴兒異事，以供茶餘酒後消遣助興。

小時候，我在北平老家，聽見過不少關於猴子的故事，還有好玩的笑話。又常羨慕鄰居街坊小孩兒家養猴兒玩，每當小勤小儉姊妹倆，牽著她們的猴寶寶在胡同裡玩兒的時候，我就竭力奉承，巴結這對姊兒倆，為的是讓我抱一下她們的猴寶寶！

小猴猴抱在臂彎裡很老實，兩隻小爪子緊緊抓住我的衣袖不放，生怕摔跤。有時候猴兒很膽小，猴兒光滑毛兒下面猴身子暖呼呼的，人抱著牠挺乖挺安靜。若是遇見近視先生逗牠，不提防眼鏡就讓牠摘掉了。

猴兒不餓的時候，愛吃的花生、栗子牠都不搶。若遇見牠肚子裡沒食，正巧賣煮白薯的老頭，推著一大車子香氣四溢的煮白薯來了，還沒停車，小猴兒就跳過去，轉眼搶了兩個白薯爬到牆頭，或大槐樹上吃將起來。

氣得賣煮白薯的老頭大罵：

「你這個可惡的小猴兒崽子！瞧我等會兒剝你的皮！」

小儉和她姊姊也氣得跺腳，罵道：

「死猴子，賊性又犯啦!?明兒格把你賣給耍猴兒的，叫你天天去挨鞭子！」

吵鬧驚動屋裡的大人，拿錢給賣白薯的老頭，順便再買一大碗端進去當點心吃。北平蕃薯不比臺灣的味道差。名叫：「白薯」，其實無論「烤」，或「煮」熟了，都是紅嘟嘟摻了糖蜜一般甜糯好吃。而賣白薯的老頭，邊吸煙袋邊給小孩兒們講的猴子故事，更好聽！他說：

「在南邊山裡頭，有一個猴兒村。

猴兒村的猴子們，跟咱們人一樣過日子。也是一家家的人家，住在木頭樹枝搭的房子裡頭。有鍋有灶，燒飯煮茶，吃的跟人一樣兒，就是不吃葷的，只吃蔬菜水果和米飯雜糧。有的猴兒喜歡喝酒，有的還抽大煙。那就是沒出息的敗家猴子們，勤快的公猴子種田種菜，母猴子紡紗織布，猴子也穿衣服呢！」

我們小孩兒都聽得入神，問說故事的老頭兒：

「猴子村有學校嗎？小猴子也上學唸書不？」

「有啊！小猴子背不出書來，也要挨打罰跪咧！」

這時候，有一家屋子裡在打麻將，陣陣洗牌聲傳出來。老頭兒聽見了，接著笑呵呵的說：

「猴子村的老猴子們，也打麻將，還會做弊偷牌哪！」

欣逢猴年，我拜託咱家那位會畫畫兒的「喜樂」畫了一幅：「猴子牌戲」圖，以搏讀者朋友一樂！

雞言雞語

為生肖說好話是咱們中國人的習俗，沒想到在美國唸書的外甥女兒小昀，寄賀卡的新郵票，赫然也是紅底彩雞剪紙圖，郵票右上方HAPPY NEW YEAR洋文，左邊竟有兩個漢字：「雞年」，寫得龍飛鳳舞，中國味兒十足。美國以外，韓國、日本，還有其他國家，也推

出雞年郵票。

可見，全世界都在響應咱們以生肖祝福的春節哩！

新春電視，舉凡鬧劇、綜藝、打歌之類節目，無不以雞為開場白。還有家電視臺報告新聞之前，先來一陣雞叫：

「咕咕咯……」

宏亮雄壯的聲音裡，總令我聯想到與「雞」字有關的童謠。好些早已遺忘的歌詞，突然在記憶中復活了。

王老先生有塊地，一丫一丫又
在他的地裡養群雞，一丫一丫又
咕咕東、咕咕西。
東咕咕來西咕咕，
到處都咕咕，一丫一丫又

好久不唱的陳年老歌，又使我記起童年母親常拿「雞」來教訓孩子。當我蓬鬆著一頭亂髮，或是從外面「野」玩回來，母親指我「頂著一頭亂雞窩」、「瘋得頭髮像炸毛雞！」

有一回，姐姐和我放學。下雨了，我們不耐等人送傘，淋雨回家。母親氣極罵道：「瞧你們姐兒倆這德行，活像一對落湯雞！」

若是我想幫忙做點什麼，母親嫌我「雞手雞腳」越幫越忙，只好靠邊站。要是姐姐闖了禍，打破碗什麼的，我向母親告發，姐姐必定怪我多嘴，說我：「雞婆」！

小時候，家裡來了一位細高苗條美少女，跟我們一群黃毛丫頭相比，她變成：「鶴立雞群」。

我的眼睛夠大，但不知為什麼小時候瞧近東西，常不自覺的兩隻眼珠對在一起。母親忙糾正：「小二妮別鬥雞眼！」

好像這個「雞」字給我許多麻煩，若沒「雞」字我是不是少挨點罵呢？而最恐怖的還是數學不及格的學生，躲不掉算「雞兔同籠」，可

害苦了我啦；總算不清到底籠子裡有幾隻雞、幾隻兔子？

關於雞，我祇覺得雞很好吃，湯味鮮美，雞的型態亦甚好看。甚至早年「金雞牌」餅乾亦給我香脆甘甜難忘的印象。但父親又納妾又對母親粗暴，我問母親為啥不跟父親離婚？母親竟嘆口氣說：「嫁雞隨雞呀，有什麼辦法？」——「雞」真是用途廣大，寓意無邊哪！

孵小雞樂融融

猴兒年真如一隻跳躍的小猴子，轉瞬便將離去。我真捨不得牠這麼快走，再相逢，又得等一個十二年了！

猴兒向我說「珍重再見」聲中，我隱隱的聽見了雞鳴。我看見破殼而出，黃毛絨絨的小小雛雞，走進時光隧道，回到快樂無憂的童年。

我記得有一年夏天，姊弟三人趁老王媽不防，到正孵小雞的老母雞窩那兒，看看小雞孵出來沒有？因為老王媽這幾天，常將母雞屁股下面孵得熱呼呼的蛋，一個個抓出來貼在耳朵上聽。邊聽邊說：「快了！快了！」

我們曉得「快了」便是小雞要出來了。在鄉下姥姥家，母雞孵小雞乃稀鬆平常，沒啥希奇的事。沒人管，任母雞隨意在草堆中下蛋，就地孵小雞。有時小雞都出來了，跟著母雞後面覓食才知道。但在北平城裡面，家裡餵養的母雞有大公雞配對兒的，生了蛋又孵小雞可是件大事兒！

老王媽不管多忙，總要一天為母雞翻兩次牠孵的蛋。說城裡的母雞笨，不懂自個兒翻蛋，若是不翻，蛋承受的熱氣不勻，小雞可能孵不出來。老王媽又嚴禁我們小孩兒打擾正在孵蛋的雞媽媽，說鬧不好雞媽媽罷孵，小雞死在蛋殼裡，多可憐！

其實雞媽媽很盡職，除非拉屎撒尿，雞媽媽是少有離開牠的窩。

窩，不過是一個大高粱稈編的籃子，墊上了些許乾草而已。

說也真巧，那天午後我們三個娃娃在漫長暑假中，不知怎麼淘氣才開心，姊姊提議看小雞出來沒有？冬天如孵小雞，老王媽就將雞窩放在她匠棹上。夏天太熱，雞窩在柴房空地上。打掃得乾乾淨淨的土地一籃子油子雞兒總有十來個吧？居然其中幾個蛋殼已破，毛絨絨的小黃雞有的只伸出一個小頭，有的已掙扎著爬出來了。那雞媽媽可能出去透風了吧？我們三個歡喜得一人捧出一隻軟呼呼的小黃雞，樂得三人都張大了嘴巴！

這時，雞媽媽竟回來了，也許它是聽見小雞吱吱的叫聲，牠回來低著頭、張著翅膀，一副吃驚憤怒的模樣兒，不住的咕咕咕喚牠新生的雞寶寶，卻莫奈何我們三個頑童玩弄侵犯牠的心肝寶貝。我想，雞亦有親情母愛，只是無法向人類表達抗議。牠也不能明白，我們雖頑皮卻同樣愛護牠的小雛雞，那般稚嫩可愛的小絨雞，充滿生命的喜悅，新生的喜悅呢！

吉年和樂國泰民安

小猴兒一個筋斗，翻過了三百六十五天，惜別猴年聲中，我聽見了雄偉的雞鳴！耳畔迴盪著孩子在童年唱給母親的小兒歌：

大公雞，叫你早點起！

81.07.24.

牠教小弟和小妹，天天都早起。
早起空氣好，讀書最容易，
專心讀兩遍，永遠不忘記。
大公雞，叫你要早點起！

雞者「吉」也，中國人最歡迎吉祥字，好兆頭。
雞年，也是充滿希望的一年。
自古以來，雞為人類貢獻了許多。雞肉帶給人們味美營養的食物，羽毛亮麗、生態優美，為人類生活增添視覺上的享受和情趣。
而雞的習性，是堪作人類榜樣。雄雞無論在任何惡劣環境下，仍然按時司晨報曉。母雞不管在多麼甘苦的地方，照樣下蛋、孵育，及永不絮煩的帶領雛雞覓食捉蟲。曾經有一則關於雞媽媽偉大母愛的傳說，就是當雞的主人家失火，火燒到不及逃出的雞窩內。火災過後，人們發現母雞已被燒焦，但在牠羽翼下幾隻小雞卻安然無恙。

我又憶起孩子唱過的另一首兒歌：

老雞罵小雞，
你這個笨東西，
我教你唱：「咕咕咕」，
你偏要唱：「吱吱吱」。

挺好玩的幾句歌詞，聽起來十分順耳。

中國人以雞喻事的成語頗多，可見雞較其他動物得人歡心，受人重視。比如：「拿著雞毛當令箭」、「偷雞不著蝕把米」、「黃鼠狼給雞拜年」、「鬧了個雞飛狗跳」、「雞毛蒜皮的小事兒」、「雞鳴狗盜之徒」、「雞鳴早看天」、「聞雞起舞」、「三更燈火五更雞」、「雞犬相聞」、「雞貓子喊叫的」等等借雞寓意，有好有壞、有勵志有挖苦揶揄，想起來發明這些成語之人，皆有創意。

而形容人「鬥雞眼」誰都曉得是指什麼，「炸毛雞」是笑話頭髮亂七八糟極為難看，又說：「像個亂雞窩」，僅大陸北方人常用。

古詩詞裡以雞締造意境的佳句也不少，如：「風雨如晦雞鳴不已」、「雞聲茅店月，人跡板橋霜。」

由雞的種類繁多，我們可以領受到造物者的奇妙。

而公雞、母雞，與小雞的和樂，我們得到家庭溫馨的可貴。

最後，在這篇應景小文結束之前，容我由衷的、誠摯的說一聲：

金雞報曉光明在望！

吉年和樂國泰民安！

雞鳴不已光明在望

小猴兒跑得太快，還沒盡情歡聚，牠已經起身離去。

若問猴君因何來去匆匆?答曰人間紛亂俺不慣久住，還是返回花果山享受清風明月，遠離人世污濁空氣為妙!但俺留給世人風雨如晦，雞鳴不已光明在望的祝福!

雞年來了！願全國同胞聞雞起舞，發揮雞犬相聞的美德。今後不分黨派精神團結，協力同心促進和平，為社會謀和諧，為國家謀太平，為子孫謀福利，是乃吾人新春禱告願意也！

雞年來了，雞者大吉，報刊上必出現許多談雞的文章，借雞來引經據典大事渲染一番，這本是中國人趕熱鬧的習性，十二年才一次嘛。十二年前，在上次雞年敝同鄉老哥夏元瑜先生，曾一展他蓋仙長才，替雞大大吹噓奉承了許多好話。

蓋仙說獨立長鳴了五千年的中國雞，可是五德俱備：一是峨冠矩步、不卑不亢，有士大夫之概乃文也。二是兩雄相爭勇往直前，有古武士之風乃武也。三是雌雞育雛照拂備至，充滿母愛乃仁也。四是雌雞見蛋就孵，不問鴨生鵝生，照孵不誤乃義也。五是公雞司晨將曉則鳴，千古不變乃信也。

老蓋仙推崇雞是不平凡的鳥類！他老哥又舉出各類雞種的特點及長處，極為詳細。表示他對雞的學問淵博，對雞的見聞豐富。這一點

小民甘拜下風，他原是動物學家，小民自嘆弗如老哥多矣！但蓋仙老哥卻不知，有一種雞能在匟棹上孵小雞的呢，我小民見過，他可沒見過！

那年我約有四五歲，剛記事的年齡。母親帶我和大姐小弟到姥姥家過年。「外孫是姥姥家的狗，有吃的就來，沒吃的就走。」這句北方俗語，就代表了外孫喜歡回姥姥家，為的是有好吃喝，受優待的意思。北方又有一句：「看閨女敬女婿」，女兒回娘家一向是件大事，若和女婿一塊兒回去更被視為上賓，當成貴客了！

回姥姥家過年，是姥姥盼望很久的啦，所以我們從進了姥姥家大院子，便無法無天的瘋起來囉，當天晚上就在姥姥大匟上唱了一臺戲，鬧得姥姥深夜才得安歇。

第二天落了大雪，表哥就帶我們堆雪人。雪霽天晴，又去放風箏，摔了一身泥，剛換上新衣服又朝野地裡跑。也顧不得吃零嘴了，只貪玩個不停。大表姐怕我和小弟跑累著又凍著生病，害她被舅母罵，提議到老王媽屋裡捉小雞。捉小雞可是新鮮玩意兒，眾娃兒皆欣然迫不及待的跟隨捉小雞行列。

小雞在廚房側間老王媽房間內，因為天寒，原該在柴房的小雞，老王媽用大柳條簸籮將小雞裝著，放在她的匟上，一窩子小雞剛孵出殼，黃絨絨的十分可愛。我們幾個頑皮鬼忍不住每人抓一個捧在手上，軟呼呼又毛絨絨的，好玩得不得了！

另一頭匟棹上，還有一隻大油母雞正在孵小雞呢（北平叫漂亮肥碩的雞「油雞」）。這老王媽的「閨房」，平時原是「小孩止步」的禁地。這時因為過年，老王媽忙得顧不得了。又因姑奶奶回來過年，不敢得罪。若在平常時候，小孩兒是絕對不許驚擾孵蛋母雞的，倘若惹母雞惱了來個罷孵，小雞胎死蛋中豈不是大罪！

童年的歡樂，永遠令人難忘。儘管好時光一去不復回，但創造宇宙萬物的主，總會賜給人們日新又新的新希望，和年年春節的歡樂！

雞年報喜國恩家慶

今年春節來得早，去年聖誕節尚未到，街市上已是一片年景！最早推出的當然是螢光幕上商業廣告：「金雞報喜、恭喜發財」、「聞雞起舞、國運昌隆」、「雄雞報曉、光明在望」等等好聽的名詞包裝下，帶出了或衣、或食、或住、或行的民生必需商品名稱。

市面上，相繼出現泥塑、木雕，甚至金屬品的「雞」。

日曆月曆上，更是形形色色的以雞為圖畫，美不勝收。

一向默默無聞，除了為享口福、貪營養，才想到的「雞」，突然變得身價百倍了！儘管再歡喜小猴子，奈何雞聲熊熊、雞唱宏亮、雞鳴盈耳之下，也只好對猴寶寶道別說珍重再見了。

滿目雞舞、盈耳雞鳴聲中，不由人的思想不充滿雞的種種。何況，十二年才輪值一次，讓雞出出風頭也應該哪！

中國人以農立國，農村居民家家雞犬相聞。雞在我溫馨甜蜜的童年，佔很大地位。年節餐桌上居首位的固然是雞，永玩不厭的踢毽子遊戲，非雞毛不行。就是平時用以清潔桌椅物品的「雞毛撢子」，雖然母親曾拿它當處罰犯錯孩子的刑具，但想到那是慈母出於愛的管教，在皮肉疼痛過後，仍然感謝雞毛撢子。是它助母親教育我們，在幼年成長階段，養成健全的人格。

童年最喜愛老母雞帶小雞覓食，那畫面親切感人。最不愛看見人

拿雞做賭博工具，「鬥雞」既殘忍又會給孩子比狠好鬥的影響。我認為和西班牙鬥牛一般罪惡！

而公雞在任何環境之下，總是按時司晨報曉，曾經令我感動萬分！記得也是快過年了，一天早上我和弟弟在門口玩。串胡同的雞販子，挑著兩大籠雞走來。四鄰的小孩兒都圍籠觀看，突然籠裡兩隻大公雞，伸長脖子在籠外，抬著大紅雞冠子的頭，仰天長叫：「咕咕咯！咕咕咯！」

叫得小孩兒們好奇又喜歡，小小的人兒，誰都沒想到因為人的口腹之欲，雞才受罪不得自由呢！

讓我們記取雞的優點，適逢雞年，感謝造物者賜給人類這麼好的家禽。願四季平安，全國和睦進步！

姥姥家的大雞圈

每到春節，幼時在老家過年盛況，便重現心頭。過年，還是大家庭人多才熱鬧。

姥姥家四代同堂，人丁興旺。是北平近郊農村的大戶人家，與都市環境完全不同。本來最能顯出年節熱鬧氣氛的在鄉村，幾乎家家戶

戶都沾染了年的笑容、年的歡樂。中國原係以農立國，秋收冬藏忙了近十個月的農民，唯有春節才能好好享受一下休閒生活。所以，北方鄉下流行一句話：「難過的日子，好過的年」。

這句話雖然指平時生活需要努力，因為維持家計困難，過年再花錢，也不過一年一次而已，卻也表示人們喜歡過年的心境。

想起姥姥家過年，先回到姥姥家寬房大院的宅第。北方典型農村大宅門兒，正房院子側方都另有一處專供牲口住的地方，另有側門進出騾子馬車。那時候尚無汽車等便利的交通工具，城裡人下鄉看親戚總要坐騾馬拉的轎車。而母親每次帶我們三個孩子回姥姥家，上午由北平出發，黃昏時候轎車抵姥姥家門，由裡到外有好多人迎接我們。

轎車從側門駛進，先有女傭等抱我和弟弟下車，舅母表姊們扶持母親，大包小包行李禮物提進屋去，姥姥早已拄著拐棍兒在溫暖明亮的堂屋裡，等候她最疼愛的大女兒了。

母女相會親情自是感人，祖孫見面更是一場動態的歡欣。叫姥姥的外祖母滿足孫輩繞膝的大福，外孫兒們則心花怒放將過一個無拘無束，隨心所欲快樂的年了！

過年每天享受姥姥為款待閨女兒回娘家預備的美食佳餚，有些還是年頭存到年尾的，反正天下慈母心都一般樣兒，好東西自己捨不得吃，捨不得用，總是留著給不在身邊的兒孫們。過年本來就家家殺雞宰鵝，大魚大肉、臘味、海鮮、年糕、湯圓、糖果、零食、點心，喝了蜜的大紅柿子，甜香滿嘴的大鴨兒梨，吃得每個小饞嘴流油流蜜流糖汁，胃裡面成天脹滿差點兒掙破小肚子。

孩子們固然是過年上下一身新，大人穿得也錦繡綢緞光鮮亮麗無比，就連傭人們也換上新衣新圍裙。拜年啊，會客啊，大人有大人消遣方法。我們小孩放花炮、踢毽子、捉迷藏、放風箏，鄉下地方大野外風景好，小孩兒們幾乎玩瘋了！玩膩了就想找新鮮的，這時最感興趣的莫過於到雞圈餵雞了！

姥姥家大雞圈在新加蓋北方院牆外，北方鄉下的房子分為「瓦房」

與「土房」兩種。姥姥家的房子是磚瓦建築物，屋頂四周兩排灰瓦，頂中間青灰色叫「棋盤心兒」，是不是這種材料價廉耐寒耐熱呢？我祇記得青瓦紅樑挺好看的。

壯觀的是一大群公雞母雞還有小雞，牠們個個肥碩健康營養充足。圈起來養的硬是比院子裡外任牠們跑的雞肥大。鄉下有黃鼠狼出沒，「黃鼠狼給雞拜年，沒安好心！」黃鼠狼是雞的剋星擅長一口就能咬住雞脖子，這種畜生尖嘴利齒，大小雞若被牠咬到脖子立刻就會咬斷。所以姥姥家的長工每天傍晚須將雞捉進籠子，關在柴房裡。天將亮的時候，大公雞們就迫不及待的爭相啼叫。吵得全家老小隨雞鳴早看天，即使是冬寒天小孩子也早早起床，貪玩勝過貪暖和被窩。

才起床爭先恐後去給雞餵食，剛由籠子放到圈裡的雞，又拍翅膀又伸懶腰，要不就揚著雞脖子咕咕叫，非常好看。圈裡的雞羽毛顏色不一，有黑得發亮泛紫光的，有白毛黑尾、黃毛紅翅，但雞冠子一律是通紅通紅的，雞尾毛一律是做毽子的好材料。而且圈裡的雞一律是

135・圈雞大的家姥姥

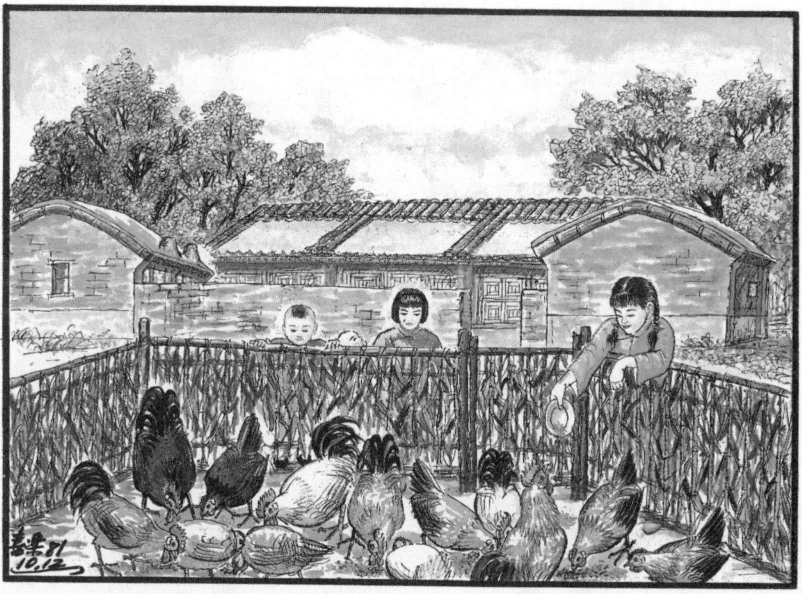

「油雞」，不是乾瘦的那種「柴雞」。

油雞肉嫩湯鮮，「九斤黃」即油雞的代表。油雞下的蛋，蛋殼紅黃光亮，北平串胡同叫賣：「大油雞子兒嘔！」即這種肥嫩油雞生的蛋，給雞餵食時，雞們邊啄邊不停的吱吱咕咕，所謂「雞貓子喊叫的」形容真傳神。

寫到這兒，我想起小時候老王媽哄弟弟唱的兒歌：

咕咕咯、打明兒雞兒！雞下蛋、好東西兒！

「雞」確實是好東西，給予人類許多貢獻。而「雞」者「吉」也，咱們中國人無疑是歡迎雞年大吉，平安如意，因為雞鳴不已，光明在望，祝大家新春萬福！

童年與哈巴兒狗

我的童年過得很幸運，因為是住在生活文化優裕的北京城內。雖然家境不算太富有，但小康之家三代同堂，在當時也滿不錯了！

北京人傳統生活，認為住在冬暖夏涼的四合房中，再能擁有「天棚、魚缸、石榴樹」的大院子，那就十分舒服了。如果再加上：「老

媽、肥狗、胖丫頭」，就是好上加好！

因為有老媽伺候，有丫頭打雜，這家人一定收入不壞。而且連狗都養得那麼肥，小丫頭也養得胖乎乎的，這家人日子還能過得不夠好嗎？

我的童年家裡院子夏天便搭「天棚」，大石「魚缸」養著金鯉魚，兩棵枝繁葉茂的矮石榴樹，每至春夏，花兒像發瘋一樣開得鮮紅似火。是應了「天棚、魚缸、石榴樹」。

說「老媽」不止一位，精烹調的祇管煮飯掌廚，瑣事一概由母親大人陪嫁過來的老家人「老王媽」管理。這位老媽對我們小孩有無上權威，甚至較爺爺奶奶管我們還嚴。我們對她是愛畏交加，因為只要她多皺臉上有笑容，我們就可以放心大膽的出去「野跑」，包括和老王媽鄉下來的外孫女「妞兒」，結伴兒出去「瘋」！

妞兒才來的時候，母親形容她是長得「黑乾焦瘦」，過不多久就變成兩腮圓鼓的一個白「胖丫頭」了。至於我們家的狗，看門那條老黃

狗，專吃弟弟的大便。長得可肥呢！每天弟弟的奶媽坐在臺階上把弟弟大便，她先在嘴中唸叨：

「快拉屎喲，老黃狗等著哪！」

弟弟還沒拉出來，老黃狗已經搖著尾巴跑過來了。弟弟也真聽話，看見狗狗他大便自然就出來，有時不等落地，老黃狗就伸舌頭接走了。末了還舔舔弟弟小屁股，弟弟必咯咯笑。

狗吃屎是牠與生俱來的習性，老王媽說狗聞人的屎才香呢，也許是吧！北京賣小孩零食的，大概是利用小孩瞧著狗吃屎香，發明了一種叫：「狗屎橛」杏乾糖，很受歡迎。

說起「肥狗」，我要介紹的是叫小花兒的「哈巴狗」。北京人對這種狗簡稱：「哈巴兒」，表示喜歡的口吻。這種狗還有一個名字就叫：「北京狗」。

北京狗並非原產於北京，據說是清末民初由埃及傳進中國的。由於此狗嬌小溫馴，很適合皇族們當寵物。最早只養在宮內，可能繁殖多了，被人送到市集出售，平民百姓才有機會收養。

根據狗譜上說，「哈巴狗」跟「獅子狗」、「路斯狗」，出於一系。全是只有一尺多長，七八寸高，長不大的小種狗。毛長而鬆，蓋得一頭一臉的叫「獅子狗」，渾身小短毛，扁臉大眼是「路斯狗」，瞪著金魚眼，鼓著大腦門兒，長短適中毛兒貼身的才是「哈巴兒狗」。

哈巴狗經常伸著小舌尖，垂著兩隻大耳朵，小黑鼻頭就是人們拿來形容鼻短而小的「巴狗」鼻子。走起路來前後四條小短腿，朝內彎成羅圈兒式的內八字，屁股後頭搖晃著一條小尾巴，非常可愛討喜！

哈巴小花兒活潑聰明，善解人意。小花兒不挑食，平常餵些肉湯泡饅頭，牛奶稀粥，若買了豬肝切碎了拌在飯裡，小花兒吃得好香！比較麻煩的是需要常常給小花兒洗澡，洗淨擦乾還得抹上去蟲粉，還得用木梳替牠梳毛，養條小哈巴兒可有得忙呢！忙是忙，忙中也得到不少樂趣，小哈巴兒在我童年是一個活的玩具，那時大我四歲的姐姐天天上學校，弟弟又小，妞兒要幫老王媽幹活兒，長日漫漫唯有小狗

狗相隨相伴，形影不離。

偶爾妞兒得空來跟我們一道玩，兩人玩抬轎子，小花兒坐在上面，樂得牠兩隻大耳朵不停的搧動。我跟妞兒踢毽子時，小花兒就在我們兩人腳邊跑跳不已。

下雪天，我要和鄰居小友到室外玩雪，堆雪人了，怕小花兒凍著生病，不帶牠出去，那牠才可憐呢，大叫大跳，最後爬到桌子上，隔著窗玻璃淚眼汪汪的朝我們瞧，我們都很不忍心而難過，但是仍不能叫牠出來！

最感人的是，母親帶我上街回來，小花兒一聽門鈴響，先在屋裡汪汪大叫，以示歡喜！等我邁進門來，牠更像小孩兒一般，高興得將兩隻前腿舉得高高的，撲向我身上要我抱抱的樣兒！哈巴兒狗，實在是很重感情的狗。

可惜因為對日抗戰，父親帶母親和三個孩子叩別爺爺奶奶，離開北京，遠道至大後方四川。哈巴小花兒留在老家，爺爺寫信給父親時，還提到小花兒天天守在門口等我回來。我聽了心中自然又難過了許久，無奈離亂年代，必須割捨的豈止是人狗之愛，好些骨肉親情，不也在戰火中失去了嗎?!

欣逢甲戌狗年，書此為念。

狗把戲帶來的歡笑

一年易過，又到了年終歲尾。我們感謝上帝賜給中國人以恩典，做年歲的冠冕，使我們歡渡完了元旦，再來慶祝春節。在這雞啼漸遠，好狗接棒的時刻，逐憶起兒時，許多與狗有關的好玩的事。

先出現腦海中，是一群活潑可愛的小哈巴兒狗。哈巴兒是在北京

繁殖出來的小種狗，一般住家四合院的北京市民，常常養在屋子裡當寵物，哈巴兒狗，又名「北京狗」。

另外一種白色狗，體型較哈巴兒稍大，也較哈巴兒機靈善解人意，是走江湖雜耍的工具狗。北京串胡同玩雜耍兒的，有兩種玩意需要狗，一是：「耍猴兒」的，除了主角小猴兒，尚有一隻山羊，一條白狗。第二就是「耍狗的」，只有一條小白狗唱獨角戲，但因為它表演認真，圍觀的小孩兒們也不覺得單調。相反的，還看得津津有味而開懷大笑！

耍狗的道具只是幾個柳木板做成的「圈兒」，和製「籠屜」——蒸籠的圈一模樣兒。小白狗也僅是頂上紮了三根紅頭繩，紮成三個朝天椎小辮兒當裝飾。實在很簡單。

耍狗的耍的時候，先敲響小鑼，趕著小白狗走三圈。然後邊敲鑼，邊將小狗趕進幾個圈子，出幾個圈子。隨著鑼聲緊急，小狗狗就由慢跳，變為快跑，跑著由幾個圈兒內越過，小孩兒們就紛紛拍手鼓掌，

147・狗把戲帶來的歡笑

跑得越快，鼓掌越大聲，笑得也越大聲，甚至跳蹦著叫好！

也許那年代小孩兒沒什麼好玩的花樣吧！我總覺得童年純樸簡單的歡樂，要比電腦文明娛樂的現代孩子們幸福，您說呢？

欣逢狗年，謹祝各位朋友四季平安，狗年吉祥！

迎狗年

收到一九九四年九月份，遠東經濟評論，封面赫然是一隻身穿西裝打領帶，坐在辦公桌前，面對電腦、右手執筆、左手拿電話聽筒的沙皮狗。主題是：1994 YEAR OF THE DOG, WHERE TO PUT YOUR MONEY.

狗年在日本、中華臺灣、馬來西亞幾個國家裡，那個國家有錢？換句話說，就是看誰經濟成長快速？

我對經濟是個大外行，不便插嘴。但封面這幅以狗喻人的漫畫，讓我覺得狗年的腳步，越來越逼近了。我們似乎已聽見此起彼落的狗叫聲！

對於狗，我是喜愛又厭惡，並非人的矛盾心理，而是狗麻煩討厭的地方，較乖順可愛的多。走在現代都市裡，大街小巷固然無處不是狗和狗大便，就是繁榮街市上，也得防備後頭跑出一條狗，無緣無故朝自己不友善的張牙舞爪，嚇人一大跳！我討厭狗其實是懼怕狗，因為若不幸被牠犬齒咬上一口，皮破血流尚不要緊，要緊的是說不定會染上狂犬病。那時可要費大事受大罪，跑醫院檢查、打針，即使幸而未染上狂犬病，也平空給折騰個夠您受的！

何況，狗咬人，人被嚇得當街又蹦又跳，那模樣兒亦不甚雅觀，我幹嘛為狗丟人喪臉讓路人見笑？所以路遇有狗，我便避之大吉。養狗人家，我絕不去作客。而對於愛狗成癡，甘為犬奴的親友，我總是大惑不解。他們和她們將既髒又臭的野狗收養成家狗，付出極大的耐心及愛心給流浪狗，想起來，就感到不可思議！

例如我的好朋友幼柏姊，有一次寄了一張她和大狗小狗合照的相片給我，背後寫著：「我和大妹小妹」，同時題名：「送給二妹」，「二妹」就是我啦，我和她家的狗狗同等了！

說起來，也挺好玩的，文友丘秀芷的鄰居送她一條小狗，因為跟她家貓兒同睡同食，居然也學會了舔爪子洗臉。丘秀芷自稱是「與狗投緣的人」，她先後養過許多條狗，說起狗經她是如數家珍。無論是土狗、狐狸狗、混種狗、獅子狗、獵狗都愛——最討她歡心的是叫「小白」的母狗媽媽，曾為她生過許多窩狗寶寶，雖然都被熟人要走了，她仍然記得牠們。

丘秀芷之外，劉慕沙也是有名的「狗迷」。與丘秀芷一樣，慕沙是對狗具有無限魅力的「狗友」。她府上「狗口」比「人口」多了幾倍，

她仍然不分層次的見狗就愛，狗對她說也奇怪，居然狗眼識知己，甚至走在金門的馬路上，狗見了她竟一路隨從，尾追不捨。慕沙說也許她長期與狗親近，身上有狗味了，誰知道呢！

官麗嘉的全家只有兩男兩女，這四口之家共收養了流浪狗也是四口，兩大兩小。大狗男生負責，小狗女生負責，官麗嘉對狗狗真是愛之寵之，照料得無微不至，為狗花錢受累毫無怨言，我看她撫育親生兒女，也不過如此了！

嬌小體弱的朱佩蘭，養了一條比大熊還大的大白狗，據說買來時原是一隻小白狗，不料沒幾年，竟長得又高又大，一身厚毛溫馴可愛。

說到大狗，我生平見過最大、最嚇人的狗，是在四川成都張大千老伯家。那兩條相貌兇狠的大西藏狗，據說曾經咬下小偷一隻腿，連骨頭都吃下去了，不知是否言過其實？寫到這兒，我發現自己怎麼借迎狗年談起狗經來了？而還先說了狗的壞話。雖然指狗罵人像：「狗眼看人低」、「狗嘴裡吐不出象牙來」，這類俗語不少，但耳熟能詳的

好狗故事也很多，如「忠狗護主人」、「小狗守靈」等等，卡通影片中，更有好些善解人意，聰明可愛的大小狗。古今中外，人狗之間發生感人的情誼多之又多，最好玩的，仍然是我姥姥說的一則人與狗的笑話。

姥姥說：「從前有個大閨女，生來是瞎子。瞎閨女眼瞎心不瞎，聽見跟她一塊玩的大姑娘，都嫁人有了婆家，她也纏著她娘給她找個婆家。

她娘被纏擾得沒法子，只好假裝叫轎子抬她轉一圈，仍回到她自個兒的房間。瞎姑娘下了轎子，東摸摸，西摸摸，口中喳喳讚嘆道：「東西屋、南北匟、婆家娘家是一樣！」

這時正巧有條黃狗經過她門口，聽見「喳喳喳」的聲音，以為是喚牠呢，忙跑進去靠在瞎閨女身邊，瞎閨女摸摸狗，還以為是她的女婿，忙說：「你怎麼這麼好哇？怎麼還穿大皮襖哇？」

姥姥每回說這故事，小孫子們就笑得前仰後合。今天想起來，實在並不好笑，祇是好玩而已。這故事，也彰顯了人狗相親的溫馨。

寫迎狗年的小文，禁不住想起童年，在老家四合院裡，看大姐為小哈巴兒狗洗澡的往事，往事只堪回味，時光不倒流，但願全國同胞，狗年多福樂！

狗年旺旺憶哈巴兒

生肖輪流又逢狗年，以農立國的民族，對狗有濃厚的感情，商家廣告莫不以「狗來富」當成吉祥話。狗年，但願是更好的一年。

春節假日匆匆度過，各公司行號恢復上班，現代人的年假較舊時代短得多了。以前，至少過了元宵節才正式開市呢！

小時候，回姥姥家過年，最先在大門外來歡迎我們的，是一條搖著尾巴的大黃狗。那狗的嘴臉及神態，酷似兒童讀物上的狼。我心頭嘀咕，姥姥家怎麼養了一條狼？

後來，我在姥姥「說故事」時，找到了答案。

原來最早的狗，真是狼的化身。姥姥說是兩隻餓狼一公一母，為尋找食物偷偷溜進農家，農家主人慈悲的憐憫兩隻狼餓得可憐，就賞給牠們吃的。這兩隻狼吃飽了竟留在農家，負起看守門戶的責任。牠們的後代，遂演變成今天的「狗」。

鄉下農家的狗，是狼變的，城裡人養的寵物小「哈巴兒」狗，可不是狼變的啦，我心裡想！

哈巴兒又名「北京狗」，是我童年最最偏愛的小狗狗。因為哈巴兒長相漂亮，方頭大耳圓眼睛，短腿矮身子，渾身不長不短的毛，無論純黑或純白，或黃白三花兒，都漂亮討喜！

哈巴兒的毛若過長，就變成獅子狗了。

那時候小種狗尚不多見，什麼貴賓狗、吉娃娃、雪娜瑞、博美狗，北京人聽都沒聽過。北京人只知道哈巴兒最可愛，北京的小孩兒，也都以收養一條哈巴兒為樂。據說今天的北京狗，身價更高了，要好幾千人民幣才買得到一條！

蠟梅處處香的季節，冬陽照得全北京城都暖和了。我跟大姊搬個小板凳兒，坐在院子裡為洗完澡的哈巴兒曬太陽。堂哥牽著他的大白狗——不知道是洋狗還是土狗？來後院以狗會友，堂哥的大狗狗硬是不如小哈巴兒得人緣。到底哈巴兒是北京狗呀！

狗市

狗年又來了，一定有許多借狗說的吉祥話，如「孩不嫌娘醜，狗不嫌家貧」、「狗運亨通」、「狗年行大運」等等開始流行。

我卻想起好些以狗喻人的成語和俗話，像「狗咬呂洞賓不識好人心」、「狗揪門簾子祇剩一張嘴」、「翻了狗臉不認人」等等，最熟悉的

是北京人常掛在嘴上的一句：「隆福寺東廊下」。

這句話常用來形容一個人沒本事，祇會奉承拍馬，搖尾乞憐。或者形容某人出的主意不好，某個活動無聊，反正就是瞧不起的意思！

隆福寺東廊下是幹嘛的呢？那兒是北京城內有名的：「狗市」。

狗「市」與「事」諧音，狗事還有什麼好的呢？

北京有許多「廟會」，每月固定日子有小販聚集，出售各類日常用品，吃的、玩的，甚至雜耍的都有，非常熱鬧。比較知名的廟會，除了新春廠甸的琉璃廠火神廟，初一十五是城隍廟，三月三有蟠桃宮。另外每逢初三土地廟、初四花兒市、初五初六白塔寺。每月逢七逢八護國寺、逢九逢十就在隆福寺。各處廟會大小不一，其性質相同，即現在攤販雲集的綜合市場。

因為隆福寺原乃大廟，故其廟會規模也大，家庭過日子無論缺什麼，走一趟隆福寺就買齊全了。而古處大廟會附近又是批發市場「曉市」，隆福寺前面的「豬市大街」，整條街都是宰豬賣肉的批發商，天尚未亮已經在做生意了。那一帶人行道上，又擺滿了才由土裡採下來的蔬菜，都較一般市場售價便宜得多，所以，逢年過節，家裡的廚子大師傅都來「曉市」採購年貨。

寺廟的東西小巷，俗稱「東廊」、「西廊」。西廊是鴿子和鳥類市場，並兼賣養鳥器具，精緻編製的小鳥籠，餵食的小盤小罐兒，在鳥市都有得賣。

東廊下狗市最熱鬧，還未轉到東廊巷口，便聽見此起彼落一片喧譁的狗叫，加上買狗與賣狗的打哈哈聲，真使人感到熱鬧無比。東廊狗市賣的多半是「北京狗」，即有名的「哈巴兒」狗。「哈巴」原來形容一個人走路羅圈腿，說「這人走路哈巴著腿」。北京犬小巧腿短小身子肥，走路難免兩雙腿朝內八字彎。又因大頭高額，闊嘴小鼻子，扇著兩隻大耳朵，加上圓亮的一雙大眼，十分討喜。

「哈巴兒」乃小種名犬，原係埃及進貢給皇族們養在宮裡的寵物。此狗秉性聰慧，善解人意，若經過專人訓練，則更加可愛，一般王公

大臣，尤其是有錢的太監們，對哈巴兒都是寵愛有加，因為太監無子嗣，哈巴兒成了他們真正的「犬子」。犬子和主人太監朝夕相處，居華室吃美食，也感染上了芙蓉鴉片的「癮」。若是小哈巴一旦沒受主人噴鴉片賞賜，牠亦會涕淚交加苦不堪吠！

「哈巴兒」因係小種狗，性情溫馴不喜打架，小孩兒最喜歡。引我對哈巴兒眼紅的是有一天坐在洋車上，路過顧維鈞大使住的「鐵獅子胡同」，看見他家佣人牽出一群小哈巴兒遛狗，那小哈巴兒長相各不相同，卻各異其趣，每條小模樣都愛煞人！隨後鄰居小儉家也養了幾條哈巴兒，羨慕得我茶飯不思，母親大人替我求情，碰巧那天父親大人心情好，帶我去了一趟隆福寺東廊下，一黑、一花兩條哈巴兒，便入了我們四合院，成了我的寶貝狗。

惜經過近半世紀人事狗事變遷，如今隆福寺已廢，東廊下狗市當已不復存在了！

肥豬拱門

一年易過又春節，狗吠漸遠，肥豬當值。

中國人對於咱們十二生肖，小老鼠也好，大笨牛也好，無論那一種生肖，輪到牠值年，人們就會挑出牠的優點大加渲染誇張一番。「豬」是咱以農立國的重要家畜，長年供給人類營養，美味的豬肉、豬肚、

豬肝、豬腰子……整個豬都是人們享口福的來源。豬年來了，還不大大讚美它嗎？

狗來窮、豬來富、貓來開當鋪。雖然有時候，人們吃飽豬肉，便以嫌惡的語氣，指著自己不喜歡的人罵他是一條「豬」。但是豬在人們心目中，總是一種代表吉祥的家畜，並不因豬懶而髒就否定牠在經濟上的價值。畢竟萬物之靈的人類，最為勢利，所以才有：「豬來富」的俗語。

事實上，如果有人家中坐，忽然來了一條大肥豬不知是誰的，八成是條無主兒的大肥豬，白白的送給了自己，賣掉牠值不少錢呢，豬來還不富嗎？所以，北方鄉下每逢過年賣年畫的，少不了有「肥豬拱門」的畫兒。

小時候回姥姥家過年，最引孩童注目的，是每年不一樣的年畫兒。那些又土又漂亮的年畫內容，每年都差不多，總不過是什麼招財進寶、鯉魚跳龍門、八仙過海等等花樣兒，看過了就忘了。唯有肥豬拱門使

169・門拱豬肥

我歷久不忘，在豬年回想那幅畫兒，記憶猶新。

畫兒上是兩扇中國式的木門，開了一條縫，不知道原來沒關緊，還是被豬拱開的？

門外大紅燈籠高高掛，祇露出了一半，卻照見一條肥頭大耳的黑毛豬，笑呵呵的挺著豬鼻子正朝屋子裡跑哩！

小時候，因著畫兒上的豬醜得滑稽可愛，較大美人、胖小子的年畫兒更有意思、更討喜，所以有好感。適逢豬年，特別請那位自己喜樂叫太太生氣的「喜樂」，畫出來以供聯副的讀者同樂，並祝大家：

豬（諸）事順心如意！

豬媽媽的母愛

豬年來了，豬（諸）事順利、生意興隆、財源滾滾！

因為中國人喜歡諧音，以取吉利。所以此文開場白就借當值的生肖——「豬」來富說吉祥話，向讀者諸君辭歲兼賀節。十二生肖裡豬算最小位的，因為牠排在末位。但在傳統觀念上，認為豬這種家畜雖

然難看，對人類的貢獻頗大。先不說牠在經濟上的價值，如果沒有豬，可能找不出其他人們都熟悉的動物，讓人拿牠來製造這麼多挖苦人、譏笑人的俏皮話吧？隨便想想便記起很多句。例如：

豬八戒戴花——醜人多作怪

豬八戒吃胰子——內滑

豬八戒照鏡子——裡外不是人

豬八戒揹媳婦兒——形影不離

豬八戒擦粉——臭美……。

另外形容胖子笨態：「豬模豬樣。」形容人受盛名之累：「人怕出名豬怕肥。」說起來，人類心目中豬實在是又醜又可愛的家畜。至於豬懶、豬髒，那是牠生存的環境使然。若仔細觀察豬，尤其是生了小豬的母豬，您會發現豬媽媽也有很感人的母愛。

豬是貪吃的家畜，胃口極大，沒錯。小時候我在姥姥家，看見長工老于端著拌好的豬食，剛出現在豬圈邊上，半躺半臥著的大小豬們，便立時警覺，起身邁著牠們的小短腿，搖搖擺擺的朝豬食槽子圍攏。

老菜葉切碎煮熟拌些米糠的豬食，倒進豬槽子裡還冒著熱氣，豬們便迫不及待的，搧著牠們的大耳朵，吃將起來了。吃得好香好香，邊吃邊發出嚕嚕的聲音，使人覺得那些豬食好吃得不得了。瞬間便將一大木盆豬食，吃得光光的，連木槽四角也刮得清潔溜溜，然後還站著木槽周邊地上，用牠的大鼻子搜索，希望能找到一點掉落的殘渣子。

豬真是貪吃，而且永遠吃不夠！

可是當豬媽媽給小豬餵奶時候，牠竟不大理會長工老于端豬食來的腳步聲。外婆家豬圈有大小兩個，母豬懷孕待產時，就受優待住進小豬圈，單獨享受多加細糠的伙食。生了小豬更是不跟其他大豬同圈，以防小豬被踩死壓死。

豬媽媽的小豬寶寶尚未斷奶時，牠總是躺在地上耐心任憑幾隻小豬同時吸牠的奶，一定等小豬都吃飽走開，豬媽媽才起身去進食。而豬媽媽垂頭低眉，慈祥的瞧著牠的小豬孩子表情，不是和萬物之靈相像嗎？

豬年大吉諸事順利

「豬」年要來了，以農立國的中國人，對豬的感情無論在味覺享受上，或是生財利益上，都是既親切又喜歡的。盼我們國家也豬（諸）年大吉大利！

雖然豬在最普遍的家畜，牛、羊、豬三種裡排行最後，但一般農

家可以不養羊、沒有牛，但很少不養豬的。所以中國人有句俗語：

「沒吃過豬肉，還沒見過豬走哇？」

意思就是此人太少見多怪，孤陋寡聞，太不食人間煙火了！

的確如此，誰沒見過豬呢？即使生長在都市的孩子，也有得是機會看見豬，而且愛吃豬的炸大排骨、紅燒獅子頭，還有香腸、臘肉，都是最受小孩兒歡迎的美食。還聽過許多有關豬的故事。

就拿我小時候來講吧，好像剛記事的年齡，我就在哥哥姐姐們的圖畫書上，看見肥肥胖胖的小豬豬。當然，畫兒上的小豬，比在外婆家豬圈內見到的小豬，要漂亮多了。

再就是母親懷著大弟較少外出，有時間陪陪她小女兒我的時候，常常在吃飽早飯，母親交代過廚子老于中午吃什麼菜喝什麼湯，女傭收拾好房間去後院洗衣服，母親泡一杯香片茶坐在書桌前，有時看書，有時畫畫兒。但多半的時間，都被我纏著要她講圖畫書上的故事。圖畫書是彩色精裝的，印得很漂亮，是母親同學由上海買來送給我和大姐看的。這時大姐已經去幼稚園了，畫兒書才讓我獨享。

這些圖畫書都是翻譯外國作品，有白雪公主和小矮人、弓箭釣大魚、美人魚、灰姑娘等等，最好玩的是「三隻小豬」的故事。

畫兒上的小豬都擬人化了，都穿得衣帽齊全，都用兩隻後腿站著，和人一樣。而最好玩的是三座不同材料蓋的小房子，金黃稻草的「草屋」、褐色木料的「木屋」、紅磚綠瓦的「瓦屋」，在小孩兒眼中其實是一樣可愛。但光可愛不實用不行啊，唯有豬大哥的瓦屋才能擋住大老狼呀！

聽母親講畫書上三隻小豬的故事，是母女倆心靈最親密的時刻。母親講的時候，總是把書翻開放在雙腿上，為使坐在小板凳上的女兒，雙眼的視線正好看得清楚。那些圖畫書故事都包含著啟示，豐富了小女孩的童年。多少時候，我幻想自己走進圖畫裡，就像我現仍然喜歡看卡通片，羨慕卡通片素樸美麗的風景、簡單的房舍、簡單的家具、簡單的飲食、簡單的交通工具，和空間大、人車稀少的街道。

簡簡單單的生活，防患未然的本能，其實這就是上帝創造天地、創造宇宙萬物的美意。

上帝珍視所有被造的生命，連供人食用的「豬」祂也給人靈感，編造出「三隻小豬」這樣傳頌不絕的童話。

小時候「豬」出現另一個管道，是在老王媽為我們說西遊記故事中。老王媽口中的西遊記，叫「唐僧取經」。平時老王媽忙著幹活兒，忙洗衣掃地，忙燒水泡茶，忙許多雜七雜八家事，可沒空給我們說故事。唯有在爸媽出去聽戲的冬夜，守著爐火納鞋底的時候，應我們姐兒倆請求，講故事給我們聽。

老王媽說的故事內容，除了京戲的「六月雪」、「蘇三起解」、「打漁殺家」這些，說得最多的就是「唐僧取經」。她從不說鬼或狐仙這類的故事，因為怕小孩兒聽了害怕，嚇得晚上睡覺尿床她倒楣要洗被子。

老王媽可是說故事天才，聽她脈絡分明交代故事中人物，彷彿親眼所見。她說唐僧的時候眼中流露出虔敬，說孫猴子的時候，臉上表情又喜又怨，說豬八戒的時候，她的口氣總有點兒不肖：

「那個豬八大老戒呀，甭提多貪吃了！
那個豬八大老戒呀，甭提多懶了！
那個豬八大老戒呀，甭提多髒了，一兩個月也不洗一次澡，臭得喲！
那個豬八大老戒呀，甭提多好色了，瞧見大姑娘小媳婦兒，他就沒魂了！」

貪吃、髒、懶、好色，老王媽口中的豬八大老戒，與母親大人為我講的童話裡三隻小豬形象，完全不一樣兒呢！兒時聽過的故事，不論美醜，都永記不忘的。

隨著社會進步，養豬業也早現代化了。兩年前參觀臺灣農漁牧，曾見十六隻黑白不同毛色小豬豬同在一個槽子裡吃豬食，豬圈打掃沖

洗得十分乾淨，小豬們胖嘟嘟的，很可愛，一點也不髒。

豬對人類的貢獻，實在很大哪！

小民寫作年表

民國十八年

生於中國東北吉林省長春市。遵祖父立下的規定，孫輩皆依出生地命名，故我的名字是「長民」，乳名「小二妞兒」，因排行第二。祖籍北京市。

民國二十年

九一八事變，母親攜我及大姐「漢民」，擠上從長春開往北平的火車，中秋節前夕安抵北平老宅大院。次年，母親生下大弟，北平古名燕京，故大弟名「燕民」。

民國二十六年

七七事變，父親攜妻（母親）、妾、二女一兒至上海，復乘民生公司客輪由長江直航四川重慶，轉赴嘉定下游「五通橋」。

民國三十年

小學畢業，父親調職成都，我入成都中華女中。在校作文常得高分，與同學合編壁報宣傳抗日。受當時就讀燕京大學新聞系的表哥影響，開始閱讀中外文學作品。當時家中已陸續增添二弟「偉民」、三妹「榮民」、四妹「橋民」。

民國三十四年

日本無條件投降，舉國歡騰。

民國三十五年

父親奉派赴東北接收民航機，卻一去無音訊，置妻、妾與六名子女於不顧。雙十節，奉母命與時服務於空軍航空研究院的姜增亮訂婚；次年結婚。

民國三十六年

十八歲，十一月長子「保健」生於成都婦嬰保健院。

民國三十七年

偕母親、弟妹、丈夫、孩子至南京。僅數月，國共戰爭濃雲密佈。年底隨丈夫服務機關遷臺灣，自虎尾至嘉義定居。

民國四十一年

大弟燕民於空軍官校熟習飛行中失事殉國。

民國四十二年

入中華文藝函授學校，係詩歌班第一屆學生。蒙班主任名詩人覃子豪賞識鼓勵，多首新詩習作於《公論報》、《藍星》詩刊發表。同年，悼念大弟詩作〈碧潭吟〉發表於《中國的空軍》月刊。

民國四十四年

次子「保真」生於嘉義省立醫院。撫兒育嬰生活寂寞辛勞，僅與愛好文學的鄰居好友交換報紙副刊，作為休閒閱讀。想作女詩人之夢，已被嬰兒啼哭聲及尿布奶瓶打破。

民國四十四年

全家遷居臺南市。

民國五十二年

三子「保康」生於臺南空軍醫院。因係兩個男孩子之後多出來的一個，乳名「多兒」。

民國五十三年

慈母因病逝世，享年僅六十六歲。

民國五十九年

第一篇投稿給《中央日報》「中副」的散文：〈母親的頭髮〉於五天

後母親節見報，鼓舞我繼續寫作投稿的信心。隨後散文作品源源刊登於《中央日報》「現代家庭」版，筆名均用「小民」。

民國六十年

全家遷居臺北。以幼子「多兒」和他的小表妹們為題材，為《中央日報》「現代家庭」撰寫「多兒的世界」專欄。

民國六十二年

香港道聲出版社為我印行兩本四十開雙胞胎小書：《紫色毛線衣》、《多兒的故事》。兩書封面均由丈夫繪圖。經三民書局劉振強董事長惠助，將兩書陳列於臺北重慶南路三民書局書架，我為之振奮不已。

民國六十三年

作品發表園地擴展至《新生》、《大華》、《國語》等報副刊。應臺北道聲出版社社長殷穎牧師邀約，出版散文集《媽媽鐘》。該書意外暢銷，連印數萬冊。長子保健、次子保真，均起而效法母親投稿。保健於赴美留學後，第一篇文章〈留學何時了?〉發表於《中國時報》

「人間副刊」。保真的首篇作品〈由大學聯考一則國文試題談起〉，則發表於《中央日報》「中副」。受此鼓舞，保真開始他的寫作投稿生涯，日後亦出版數本小說、散文集，獲得國內多項文學獎。

民國六十四年

《多兒的故事》更名《多兒的世界》，增添內容，改為三十二開由臺北道聲出版社出版發行。

民國六十五年

散文集《婚禮的祝福》、《五月的餘音》，分別由臺北的道聲出版社及中國主日學協會出版社出版。

民國六十六年

散文集《彩虹與永約》、《紫窗外》，分別由中國主日學協會出版社及巨浪出版社出版。

民國六十七年

為《甘露月刊》撰寫專欄「小涵音的故事」；臺北林白出版社出版

散文集《回憶曲》，書內收進已故詩人覃子豪先生書信及詩作原稿真跡多篇，以為紀念。

民國六十七年

由臺北水芙蓉出版社出版《小民散文自選集》。同時與全家人合集的《全家福》，臺北文豪出版社出版。為臺北近代中國出版社撰寫青少年小說「國父傳」，書名《永恆的火炬》。

民國六十七年

應《中央日報》「中副」主編孫如陵之邀，撰寫專欄「故都鄉情」，由丈夫以筆名喜樂配畫。同年為近代中國出版社撰寫兒童連環圖的故事，描述革命先烈林覺民事蹟，書名《光芒的麥種》。

民國七十年

臺北道聲出版社出版另一本全家合集《紫色的家》，並首次為道聲出版社主編散文集《母親的愛》，因內容溫馨感人而大受讀者歡迎，造成洛陽紙貴的搶購熱潮。同年復主編散文集《朋友的愛》，臺北九歌出版社出版。

民國七十一年

臺北黎明出版社出版《小民自選集》。為九歌出版社續編《師生的愛》與《同胞的愛》兩書。

民國七十二年

《故都鄉情》、《淡紫色康乃馨》分別由臺北的大地出版社及基督教論壇報出版社出版。開始為《中華日報》家庭版撰寫專欄「紫色的家」。

民國七十三年

主編散文集《上帝的愛》，臺北的聖經公會出版。由九歌出版社印行配畫《春天的胡同》。同年大陸北京的友誼出版社，以橫排簡體字印行出版《故都鄉情》，出版前未徵求我同意，事後才知道。

民國七十四年

臺北道聲出版社出版散文集《親情》。主編散文集《歲月走過》，臺中晨星出版社出版。

民國七十五年

主編散文集《父母的愛》，九歌出版社出版。為《大華晚報》「淡水河副刊」，與丈夫喜樂合寫專欄「無所不談」。同年，日本恆崗利一校長翻譯出版《春天的胡同》日文版，事後才知道。散文集《紫色的歌》，由晨星出版社出版。

民國七十六年

臺北光復書局出版第三本全家合集《闔家歡》。

民國七十七年

第三本配畫的《丁香季節故園夢》（後改名《故園夢》），九歌出版社出版。為《中央日報》家庭版撰寫專欄「生活隨筆」。赴馬來西亞出席第三屆亞洲華文作家年會。

民國七十八年

為《倩》月刊撰寫專欄「新居筆記」。與丈夫喜樂同赴加拿大阿爾伯他省，出席加拿大華人學會，演講「臺灣女作家」。

民國七十九年

為《中華日報》兒童版撰寫專欄「童年趣事」，由丈夫喜樂繪彩色插圖。赴大陸北京出席兒童文學研討會。

民國八十年

為《婦友》雙月刊撰寫專欄「傻門春秋」。主編夫妻對寫散文集《歡喜冤家》，臺北健行出版社出版。

民國八十一年

出席第一屆全球華文作家大會。

民國八十二年

散文集《媽媽鐘》由健行出版社重排再版問世。與丈夫喜樂、次子保真、作家高大鵬、官麗嘉，聯合發起成立「中華基督徒作家聯誼會」。

民國八十三年

主編安慰傷痛散文集《走出流淚谷》，臺北道聲出版社出版。《永恆的彩虹》、《紫水晶戒指》兩本小品散文集，由臺北三民書局出版。

民國八十四年

散文選《殷殷媽媽鐘》由中國大陸四川出版社出版。

民國八十五年

附插畫小品《生肖與童年》由台北三民書局出版。

獲獎

一、第二十五屆中國文藝協會五四文藝獎章散文獎

二、第三屆湯清基督教文藝獎散文獎

三民叢刊書目

①邁向已開發國家　孫　震著
②經濟發展啟示錄　于宗先著
③中國文學講話　王更生著
④紅樓夢新解　潘重規著
⑤紅樓夢新辨　潘重規著
⑥自由與權威　周陽山著
⑦勇往直前
・傳播經營札記　石永貴著
⑧細微的一炷香　劉紹銘著
⑨文與情　琦　君著
⑩在我們的時代　周志文著
⑪中央社的故事（上）
・民國二十一年至六十一年　周培敬著
⑫中央社的故事（下）
・民國二十一年至六十一年　周培敬著
⑬梭羅與中國　陳長房著
⑭時代邊緣之聲　龔鵬程著
⑮紅學六十年　潘重規著
⑯解咒與立法　勞思光著
⑰對不起，借過一下　水　晶著
⑱解體分裂的年代　楊　渡著
⑲德國在那裏？（政治、經濟）
・聯邦德國四十年　郭恆鈺、許琳菲等著
⑳德國在那裏？（文化、統一）
・聯邦德國四十年　郭恆鈺、許琳菲等著
㉑浮生九四
・雪林回憶錄　蘇雪林著
㉒海天集　莊信正著
㉓日本式心靈
・文化與社會散論　李永熾著
㉔臺灣文學風貌　李瑞騰著
㉕干儛集　黃翰荻著

㉖作家與作品	謝冰瑩著
㉗冰瑩書信	謝冰瑩著
㉘冰瑩遊記	謝冰瑩著
㉙冰瑩憶往	謝冰瑩著
㉚冰瑩懷舊	謝冰瑩著
㉛與世界文壇對話	鄭樹森著
㉜捉狂下的興嘆	南方朔著
㉝猶記風吹水上鱗 ·錢穆與現代中國學術	余英時著
㉞形象與言語 ·西方現代藝術評論文集	李明明著
㉟紅學論集	潘重規著
㊱憂鬱與狂熱	孫瑋芒著
㊲黃昏過客	沙　究著
㊳帶詩蹺課去	徐望雲著
㊴走出銅像國	龔鵬程著
㊵伴我半世紀的那把琴	鄧昌國著
㊶深層思考與思考深層 ·轉型期國際政治的觀察	劉必榮著
㊷瞬　間	周志文著
㊸兩岸迷宮遊戲	楊　渡著
㊹德國問題與歐洲秩序	彭滂沱著
㊺文學關懷	李瑞騰著
㊻未能忘情	劉紹銘著
㊼發展路上艱難多	孫　震著
㊽胡適叢論	周質平著
㊾水與水神 ·中國的民俗與人文	王孝廉著
㊿由英雄的人到人的泯滅 ·法國當代文學論集	金恆杰著
(51)重商主義的窘境	賴建誠著
(52)中國文化與現代變遷	余英時著
(53)橡溪雜拾	思　果著
(54)統一後的德國	郭恆鈺主編
(55)愛廬談文學	黃永武著
(56)南十字星座	呂大明著
(57)重叠的足跡	韓　秀著
(58)書鄉長短調	黃碧端著
(59)愛情·仇恨·政治 ·漢姆雷特專論及其他	朱立民著

⑥⓪蝴蝶球傳奇　顏匯增著
·真實與虛構
⑥①文化啓示錄　南方朔著
⑥②日本這個國家　章　陸著
⑥③在沉寂與鼎沸之間　黃碧端著
⑥④民主與兩岸動向　余英時著
⑥⑤靈魂的按摩　劉紹銘著
⑥⑥迎向眾聲　向　陽著
·八〇年代臺灣文化情境觀察
⑥⑦蛻變中的臺灣經濟　于宗先著
⑥⑧從現代到當代　鄭樹森著
⑥⑨嚴肅的遊戲　楊錦郁著
·當代文藝訪談錄
⑦⓪甜鹹酸梅　向　明著
⑦①楓　香　黃國彬著
⑦②日本深層　齊　濤著
⑦③美麗的負荷　封德屏著
⑦④現代文明的隱者　周陽山著
⑦⑤煙火與噴泉　白　靈著

⑦⑥七十浮跡　項退結著
·生活體驗與思考
⑦⑦永恆的彩虹　小　民著
⑦⑧情繫一環　梁錫華著
⑦⑨遠山一抹　思　果著
⑧⓪尋找希望的星空　呂大明著
⑧①領養一株雲杉　黃文範著
⑧②浮世情懷　劉安諾著
⑧③天涯長青　趙淑俠著
⑧④文學札記　黃國彬著
⑧⑤訪草（第一卷）　陳冠學著
⑧⑥藍色的斷想　陳冠學著
·孤獨者隨想錄
A·B·C全卷
⑧⑦追不回的永恆　彭　歌著
⑧⑧紫水晶戒指　小　民著
⑧⑨心路的嬉逐　劉延湘著
⑨⓪情書外一章　韓　秀著
⑨①情到深處　簡　宛著
⑨②父女對話　陳冠學著

⑨③陳冲前傳　嚴歌苓著
⑨④面壁笑人類　祖　慰著
⑨⑤不老的詩心　夏鐵肩著
⑨⑥雲霧之國　合山　究著
⑨⑦北京城不是一天造成的　喜　樂著
⑨⑧兩城憶往　楊孔鑫著
⑨⑨詩情與俠骨　莊　因著
⑩⓪文化脈動　張　錯著
⑩①桑樹下　繆天華著
⑩②牛頓來訪　石家興著
⑩③深情回眸　鮑曉暉著
⑩④新詩補給站　渡　也著
⑩⑤鳳凰遊　李元洛著
⑩⑥文學人語　高大鵬著
⑩⑦養狗政治學　鄭赤琰著
⑩⑧烟　塵　姜　穆著
⑩⑨河　宴　鍾怡雯著
⑪⓪滬上春秋　章念馳著
⑪①愛廬談心事　黃永武著
⑪②吹不散的人影　高大鵬著
⑪③草鞋權貴　嚴歌苓著
⑪④是我們改變了世界　張　放著
⑪⑤夢裡有隻小小船　夏小舟著
⑪⑥狂歡與破碎　林幸謙著
⑪⑦哲學思考漫步　劉述先著
⑪⑧說涼　水　晶著
⑪⑨紅樓鐘聲　王熙元著
⑫⓪寒冬聽天方夜譚　保　真著

⑫1 儒林新誌

周質平 著

本書是旅美普林斯頓大學周質平教授，將其多年在國內外的華文報章上所發表的四十多篇論述雜文結集成冊。書中呈顯出所謂海外學人的千般樣態，嘲諷中不失幽默，值得您細心體會。

⑫2 流水無歸程

白樺 著

大陸知名作家白樺繼《哀莫大於心未死》之後又一本長篇小說。他的書取材是當代的，是改革開放後大陸所面臨的經濟文化與人慾的衝擊。書中的人物如高幹、富商、少女、情婦、歌星等，在金錢的誘惑下，一一呈顯出深沈黑暗而扭曲的人性面。

⑫3 偷窺天國

劉紹銘 著

善人走完了人生路途上天國，會幸福到什麼程度？天國的幸福，會不會只是塵世快樂的延續？在本書作者引領之下偷窺天國的結果，是否會發覺天國的無趣？永恆實在可怕，幸福和快樂如果遙遙無盡期，一樣會變為無聊、乏味。天國，是否就在當下。

⑫4 倒淌河

嚴歌苓 著

屢獲各大報文學首獎的嚴歌苓，繼《陳冲前傳》、《草鞋權貴》後又一本小說新著。內容包括十個短篇及一部中篇〈倒淌河〉。全書無論在寫景、敘事或對話，都極老練辛辣，辣得幾乎教人流出淚來。

⑫⑤ 尋覓畫家步履

陳其茂 著

出國旅行，是許多人心神嚮往的事。而世界各著名的美術、博物館，更是文人雅士們流連佇足之所。與其走馬看花、對大師們的作品僅留浮光掠影，淺嘗輒止；不如隨著畫家陳其茂教授的引領，在其敏銳且情感深致的筆觸下，一起尋覓畫家們的步履。

⑫⑥ 古典與現實之間

杜正勝 著

在古典與現實之間，一幕幕動人心弦的故事正激盪著你我的心。古典的真貌在不斷的探索中漸漸澄澈而透明。而現實的我們且懷著古典的情愫，在史學家杜正勝院士古典新詮的筆下，淺嘗歷史的滋味。

⑫⑦ 釣魚臺畔過客

彭歌 著

北京釣魚臺之盛名，並非全因這片神祕的迎賓貴地，而是在於它的歷史背景。是緣的牽引，將離去故都半世紀的作者引入這神祕的釣魚臺賓館……本書作者以纖細的筆觸，將自己多年飄泊生涯中的聞見感想，一幕幕真實清晰地展現在您眼前。

⑫⑧ 古典到現代

張健 著

涵泳於中國文學數十寒暑而樂此不疲的張健教授，在本書中除用粗筆勾勒歷代文學抽象的思潮外，更以細筆描述陶淵明、杜甫、孟浩然、王國維、魯迅、張愛玲……等文學家具象的風格與作品。篇篇都以作家的詩文為其依據，引領讀者一覽文學之美。

⑫⑨ 帶鞍的鹿

虹影 著

由一幅帶鞍的鹿畫中，牽引出一樁奇異的命案，主角和死者有著什麼樣的糾葛？帶鞍的鹿畫中又暗示了什麼樣的命運？

作者以其深沈的筆調，藉著本書各篇小說，帶領讀者走向人類心靈的深處，去探索深藏於內心的桎梏。

⑬⓪ 人文之旅

葉海煙 著

本書作者以「人鏡」自任，用經世的情、關懷的筆，鏡映出人文百態。全書集結作者對自我、社會和文化等面相的諸多觀察及反思。一字一句，皆為知識分子的圓融智慧與淑世熱忱；一言一語，盡是紛乘社會的暮鼓晨鐘。

⑬① 生肖與童年

小民 著
喜樂 圖

十二生肖在每個農曆新年來臨時，都為年節的歡樂帶來一股高潮。這些可愛的動物們，為童年的生活增添了無限的趣味。本書紀錄了作者對於十二生肖的情感，和童年難忘的美好時光。加上喜樂先生細膩的插畫，讓生肖與童年的故事，一一鮮活起來。

⑬② 京都一年

林文月 著

京都是一個新舊互容的都市，有著高樓矗立及寬敞的街道，又存有古典風味的低矮木屋與不平的石板路。作者在京都的一年中，品味著這古都對文化保存、人情往來及文藝活動的諸般樣態，藉由她的生花妙筆，使讀者沈湎於京都典雅、優閒的情調。

⑬³ 山水與古典

林文月 著

山水景致，勾起了幾許文人的多愁善感；而古典文學，又蘊含著多少古人的人生情懷。

本書探討著古典作品和詩人之間的關係。筆調輕鬆而不輕浮；題材古典絕不枯燥。且邀您一同進入詩人的筆墨之間，翱遊在山水作品的世界裏。

⑬⁴ 冬天黃昏的風笛

呂大明 著

旅居法國的作者呂大明女士，以其一貫典雅柔美的風格和精致細膩的筆觸，表達出她對生活、自然的樂觀態度。她如詩般的作品，仿如一幅幅精美瑰麗的圖畫，靜靜地訴說著對美好人生理想的浪漫情愫。

⑬⁵ 心靈的花朵

戚宜君 著

本書作者一生從事文化的傳播工作，積累數十年的工作經驗及閱讀習慣，創作出一篇篇詞美意深的勵志散文。除了用以傳達理性的知識和感性的情懷外，並深切期望本書能敲開你的心扉、溫暖你的心靈，進而耕耘你的心田，綻放出美麗的心靈花朵。

⑬⁶ 親戚

韓秀 著

人間真情不分種族國界；世間的溫暖存在每一角落。在有風有雨的日子裡，亦或在恬淡如鏡的歲月中走過，是否有如詩般美麗的故事令人難以忘懷？是否忘了去感激那些曾經陪著你、關懷你的人呢？靜下思慮，就讓韓秀的慈心慧語洗滌你久未感動的心。

⑬⑦ 清詞選講

葉嘉瑩 著

清詞之盛，號稱中興，其作者之多、流派之盛，以及其對詞集之編訂整理，對詞學之探索發揚，種種方面之成就，固已為世所共見。作者以其豐富的文學涵養，旁徵博引地賞析其所鍾愛的清詞，相信定能讓讀者流連忘返於清詞的世界中。

⑬⑧ 迦陵談詞

葉嘉瑩 著

本書為以詩詞涵養享譽國內外的葉嘉瑩教授，繼《迦陵談詩》之後又一精緻力作。從詩歌欣賞入門到分析溫韋馮李四家詞風，兼論晚唐五代時期在意境方面的拓展等，作者以其細膩的詩心，帶領讀者一起感受詞中的有情天地。

⑬⑨ 神樹

鄭 義 著

曾以《老井》獲東京影展最佳編劇的作家鄭義，在因八九民運遭當局通緝而流寓異國之後，他以一個村落、一棵「神樹」，具體而微地映現當代中國的重重劫難。形象化的語言，原始潑辣的書寫，在魔幻詭麗的背後，透露出對生命與死亡的真實關懷。

⑭⓪ 琦君說童年

琦 君 著

每個人都有童年，不管是苦是樂，回憶起來都是甜美的。善於說故事的琦君，與您一起分享她魂牽夢縈的故鄉與童年。篇篇真摯感人，字裡行間充滿了愛心與情義，在欣賞琦君的散文之餘，更別有一番溫馨感受，是一本老少咸宜的好作品。

⑭ 域外知音

張堂錡 著

本書作者張堂錡先生歷年來針對世界各國知名漢學家進行訪談，透過感性的筆觸，生動的文字敘述，道盡了這群域外知音漢學研究生涯的甘苦，因這一路執著不渝的採拾和耕耘，呈現繽紛絢麗的色彩，並給予中國人新的研究觀點，重新檢視自己的文化。